W0189613

Weihnachtsfreude
für die Seele

Weihnachtsfreude für die Seele

Heitere Weihnachtsgeschichten

benno

Bibliografische Information der Deutschen Nationalbibliothek
Die Deutsche Nationalbibliothek verzeichnet diese Publikation
in der Deutschen Nationalbibliografie; detaillierte bibliografische Daten sind im Internet unter http://dnb.d-nb.de abrufbar.

Besuchen Sie uns im Internet:
www.st-bennno.de

ISBN 978-3-7462-3193-8

© St. Benno-Verlag GmbH
Stammerstr. 11, 04149 Leipzig
Zusammenstellung: Volker Bauch, Leipzig
Umschlaggestaltung: Ulrike Vetter, Leipzig
Umschlagabbildung: © picture-alliance/dueKLEWERT.de
Gesamtherstellung: Kontext, Lemsel (A)

Inhaltsverzeichnis

KURT TUCHOLSKY

Schnipsel

Manchmal haben wir in Deutschland eine sogenannte »politische Krise«. Wenn sie vor Weihnachten ausbricht, wird sie bis nach Weihnachten vertagt. Kein Mensch merkt in der Zwischenzeit, dass es eine Krise gibt. Man denke sich einen Fieberkranken, der zu seinem Arzt sagt: »Wissen Sie was, Doktor, morgen habe ich Geburtstag. Vertagen wir die Krise bis zur nächsten Woche!«

HERMANN HESSE

Schaufenster vor Weihnachten

Weihnachten ist eine Angelegenheit, von der
ich eigentlich nicht gerne spreche. Einerseits
weckt das schöne Wort so tiefe, heilige Erinnerungen aus dem Sagenbrunnen der Kindheit,
flimmert so magisch im Schein jener blonden
Lebensmorgenfrühe und ist so durchstrahlt
von unzerstörbar heiligen Symbolen: Krippe,
Stern, Heilandkind, Anbetung der Hirten und
Könige und Weise aus dem Morgenland! Und
anderseits ist »Weihnacht« ein Inbegriff, ein
Giftmagazin aller bürgerlichen Sentimentali-
täten und Verlogenheiten, Anlaß wilder Or-
gien für Industrie und Handel, großer Glanzar-
tikel der Warenhäuser, riecht nach lackiertem
Blech, nach Tannennadeln und Grammophon,
nach übermüdeten, heimlich fluchenden Aus-
trägern und Postboten, nach verlegener Feier-
lichkeit in Bürgerzimmern unterm aufgeputz-
ten Baum, nach Zeitungsextrabeilagen und
Annoncenbetrieb, kurz, nach tausend Dingen,
die mir alle bitter verhaßt und zuwider sind,

und die mir alle viel gleichgültiger und lächerlicher vorkämen, wenn sie nicht den Namen des Heilands und die Erinnerungen unserer zartesten Jahre so furchtbar mißbrauchten.

Nun, sprechen wir also nicht von Weihnachten – es kämen dabei ja doch lauter Verlegenheiten heraus, zum Beispiel, daß ich noch immer keine Ahnung habe, was ich meiner Freundin schenken soll, und ob zwanzig Mark für die Köchin richtig ist –, ach und wenn ich doch den Freund S. daran hindern könnte, mir wieder ein so kostbares und dabei so jämmerlich unnützes Geschenk zu machen wie im letzten Jahr! Oder, falls es sich nicht ganz vermeiden läßt, an die Weihnacht zu denken, so laßt mich an jene wirkliche und echte Weihnachtsvorfreude denken, die ich auch heute noch, als enttäuschter und einsamer Mensch, zu empfinden vermag: an die Freude beim Herstellen jener Weihnachtsgeschenke, die ich auch heute noch, wie einst in den Knabenzeiten, für einige meiner Freunde mit eigener Hand herzustellen gewohnt bin, kleine Hefte mit neuen, handgeschriebenen Gedichten; Blätter mit Landschaftsaquarellen und dergleichen Dinge.

Nun, trotz allen widerstreitenden und beklemmten Gefühlen muß ich sagen: an manchen Abenden im Dezember, wenn es nach trübem, verschleiertem Nachmittag in den Geschäftsstraßen aufzuflammen beginnt, wenn alle die farbigen und grellen Schimmer aus den Schaufenstern auf den feuchten oder beschneiten Asphalt herausfallen und die Straße etwas festlich Belebtes bekommt, dann macht dieser verlogene, heftige Weihnachtsbetrieb mit seiner lichten Außenseite mir doch einigen Spaß, und ich kann dann eine Stunde lang gerade in jenem Stadtteil bummeln, den ich sonst vermeide, und kann eine Stunde lang verloren und gefesselt an den strahlenden Läden hinstreichen, ins Schauen verloren. Es träumt mir dann, ich sei ein Kalifensohn aus Bagdad und sei nach langer, abenteuerlicher Reise, aus Todesgefahr und bitterer Gefangenschaft entronnen, in eine leuchtende Stadt des fernen Ostens gelangt, und mische mich entzückt und neugierig in das Gewühl um die Basare der Händler.

Nachdenken verträgt sich schlecht mit dieser Stimmung, und das Schöne an dieser abendlichen Bummelstunde ist gerade das Erlöstsein vom Denkenmüssen. Aber wenn ich dabei doch je und je ein wenig gedacht und mich selber beobachtet habe, so machte ich dabei jedesmal mit einem gewissen (manchmal lachenden, manchmal eher peinlichen) Erstaunen die Entdeckung, daß ich, der rüstige Fünfziger mit dem leicht ergrauenden Scheitel und dem milden Brillengesicht, im Grunde meiner Seele ungewöhnlich infantil geblieben oder wieder geworden sein muß. Ich bemerke dies, wenn ich mir Mühe gebe darauf zu achten, wie eigentlich diese vollen, strahlenden Schaufenster auf mich wirken und welcherlei Gegenstände es sind, die mir auffallen und die mich zu Wünschen reizen. Ich mache alsdann die Wahrnehmung, daß die Sachen, die mir gefallen und die mich lüstern zu machen vermögen, beinahe alle noch dieselben sind wie in meiner Knaben- und frühen Jugendzeit.

In der Tat, inmitten dieses schreienden und etwas negerhaften Überangebotes von Waren sind es nur wenige, die ich für meine eigene Person zu begehren vermag, und alle die Errungenschaften der neueren Technik lassen mich schrecklich kalt. Ich sehe mit Erstaunen, daß auch vor solchen Schaufenstern neugierige und begehrende Menschen stehen, in die ich nicht ohne tiefe Langeweile zu blicken vermag und vor denen meinen Schritt zu verlangsamen mir niemals einfallen würde. Das sind zum Beispiel Läden mit Kodaks, mit Grammophonen, mit Sportgeräten, mit Radioapparaten – wenn ich einen Freibrief hätte, der mir erlaubte, aus allen diesen Läden alles zu wählen, was nur irgend zu besitzen mich gelüstete, ich würde den Freibrief wegwerfen und weitergehen. Raffinierte Chronometer, witzige Rasierapparate, blitzende Mikroskope, niedliche Zimmerkinematographen – nichts von allem wäre mir auch nur das Einwickelpapier wert.

Anders steht es mit den Auslagen der Buchhändler. Obwohl auf diesem Gebiet reichlich verwöhnt und überfüttert, bleibe ich vor einem guten Buchladen doch fast immer ein wenig stehen, und nicht nur der geistige Markt interessiert mich, die Namen der Kollegen, die Anpreisungen der Verleger, sondern mindestens ebenso sehr interessiert und lockt mich das Materielle dieser Bücher: ein roter Lederrücken, eine schöne englische Leinwand, ein schön getöntes Pergament, ein derbes knotiges Segeltuch als Mappenumschlag. Nun, und es sind ja auch immer wieder manche freundliche Erscheinungen in der Bücherwelt zu entdecken, wenn auch das Niveau im ganzen recht bescheiden ist. Ich sehe mit Freude die sechs braunen Bände mit Rilkes gesammelten Werken stehen und Martin Bubers Chassidische Schriften in einem Bande und Knut Hamsuns »Landstreicher« (O, August, du Teufelskerl), ich freue mich darüber, daß es neue Bände von Josef Conrad gibt, ich blinzle dem Steppenwolf zu und grüße die »Gäste« von Georg Munk, und einmal gehe ich sogar in einen Laden hinein und lasse mir ein Bilderwerk vorlegen, das ich im Fenster sah. Glasenapps »Heilige Stätten Indiens«, stehe lang über die Tafeln gebeugt, nach Indien verirrt, ergriffen davon, daß auch diese so sehr fremden, so sehr exotischen Riesentempel, Höfe, Teiche und Höhlengrotten dieselbe immer gleiche Sprache sprechen wie die französischen Kathedralen und die süditalienischen Tempel, die Sprache des Glaubens und der Hingabe, der Begeisterung und seligen Verschwendung vor dem Göttlichen.

Erinnern mich diese Buchläden an viele Begeisterungen und Begierden der Jünglingszeit, so führen andere Bilder mich noch weiter in meine Vergangenheit, ja eigentlich hätte ich sie zuerst nennen sollen. Das mit den Büchern war zwar keineswegs gelogen, aber ein klein wenig Schönfärberei war doch wohl dabei. Denn siehe, es sind andere Schaufenster und Kaufläden, vor denen ich die stärksten Eindrücke, die wärmsten Erlebnisse, die kräftigsten Wünsche habe. Mit kindlicher Bewunderung und primitiver Lust betrachte ich die verlockenden Eßwaren, und zwar am meisten die kindlichsten, die Süßigkeiten. Dem reisenden Kalifensohn kommen heftige Kindheitsbegierden zurück, wenn er diese riesigen Kristallschalen voll großer Pralinen betrachtet, diese Berge von farbig verpackten Schokoladetafeln, die üppigen Platten voll Meringues und Schokoladeschäumchen. Und in einem anderen Fenster, das unendlich viel poetischer aussieht als jene Ausstellungen von Kodaks und Lautsprechern, entzücken mich, obwohl ich seit undenklichen Zeiten keine Wurst mehr gegessen habe, die feisten glänzenden Wurstkränze, die still und trocken herabhängenden Salami, die in Stanniol gerollten, schräg angeschnittenen Leberwürste, von denen ich mir

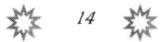

niemals eine kaufen werde, von denen ich die meisten gar nicht essen und verdauen könnte, denn Wurst ist eine Speise für Optimisten, deren Anblick mich aber dennoch bezaubert und mir eine Vorstellung von Reichtum und Wohlleben gibt. O, und ein kleiner zarter Rollschinken, ein Kleinod von einem hübschen Schinkchen, führt mich tatsächlich in Versuchung – weiß Gott, ob ich ihn mir nicht kaufen werde. Indessen stellt der nächste Laden mir noch Köstlicheres vor die Sinne: in zauberhaften Farben wie große fremde Edelsteine leuchtend sind da kandierte Früchte zu sehen, Birnen, Pfirsiche, Pistazien, Oliven, Ananas. Nichts davon werde ich mir kaufen, nichts davon könnte ich verdauen. Kandierte Früchte sind zwar keine Spezialspeise für Optimisten, o nein, aber doch mehr für Frauen und Jugendliche, jedenfalls aber nicht für schonungsbedürftige, magenzarte und etwas leidende Halbgreise. Taumelt weiter, entzückte Augen! Es kommt ein Geschäft mit Thermosflaschen, Wärmkissen, Bauchbettflaschen und dergleichen Dingen, ein Geschäft, welchem ich Aufmerksamkeit zu schenken Grund hätte, aber ich gehe kalt vorüber. Eine richtige Apotheke hingegen fesselt mich jetzt; das ist ein Jahrmarkt, den ich gern sehe, und wenn auch mein Verstand die hier veranschaulichte Verbindung von Wissenschaft und Industrie im Zeichen des Mammons eher ironisch betrachtet, so lese ich doch auf diesen farbigen Flaschen, auf diesen hübschen seidigen Packungen und Schachteln mit Interesse und Vergnügen die vielversprechenden Namen, deren Mehrzahl in einem arg verdorbenen Griechisch erfunden sind. »Keine Gicht mehr!« verspricht eine ovale Glasdose, aber weder auf diese Dose noch auf das Plakat »Sind Sie nervös?« lasse ich mich ein, ich hasse solche zu täppischen Fragen. Dagegen sehe ich hier und dort in Glasröhrchen, in Fläschchen, in Paketen gute Freunde liegen, Mittel, die ich kenne und schätze, und von denen es gut ist, eine kleine Auswahl im Reisekoffer zu haben. Namen nenne ich nicht – noch nie hat eine chemische Fabrik mir Rezensionsexemplare geschickt.

Herrlich leuchten die festlichen Läden. Zwei Arten von Läden gibt es, vor denen ich manchmal stehenbleibe, jedoch nicht um die Auslagen, sondern um die von ihnen angezogenen Menschen zu betrachten. Es sind die Läden, in denen man Kinderspielzeug kauft, und jene, in denen elegante Frauen für Kleidung, Schmuck, Haar und Haut, Nägel und Zehen das Nötige angeboten bekommen. Da sieht man schöne Augen, oft im prächtigen nackten Brand des primitivsten Begehrens glühend, und man stellt mit Freude fest, daß es Welten und Industriezweige gibt, deren Notwendigkeit man zwar nicht auf unmittelbarem, aber doch auf diesem indirekten Wege zu erkennen vermag.

Höchst unmittelbare Wege aber schlägt mein Begehren ein, wenn ich vor einem diskreten Fenster halte, wo ausgesuchte Marken alten Kognaks und edler Weine stehen und ebenso vor jenen blanken, schönen Fenstern, wo auf Glasscheiben die Tabake und Zigarren locken, die schweren dicken, in Stanniol gewickelten Importe, die schwarzen guten Brasilzigarren, die hübschen lichten Holländer, die köstlichen Manilas.

Und noch eine Art von Geschäften gibt es, die seit den frühesten Zeilen ihren Zauber für mich nicht verloren haben. Es sind die Läden mit Papier, mit Bleistiften, Federn, Farben, Aquarellkästen, Linealen, Zirkeln, Zeichenkohle. Da bleibe ich lange stehen, verliebt in eine Kollektion herrlicher Pariser oder Londoner Wasserfarben, in ein Bündel edler Kohinoorstifte, in eine Schachtel mit sibirischem Graphit, in Rollen und Lagen edler Papiere. So ein Hundert Bogen von einem zart-festen, soliden Büttenpapier, das wäre ein Geschenk, mit dem man mich ködern könnte!

Aber am Ende bekommt man kalte Füße, und zum Kaufen ist ja auch ein andermal noch Zeit. Ach, wenn mir nur Freund S. zu Weihnachten nicht einen Kodak oder einen Korb Orchideen schenkt!

ANDREA SCHWARZ

Wie der hl. Andreas die Weihnachtsplätzchen erfunden hat

Der Nikolaus war unruhig. Kein Wunder, es war Mitte November und sein großer Tag rückte allmählich näher und näher. Aber das allein war es nicht, den Stress kannte er – aber was ihn wirklich beunruhigte und was ganz und gar ungewöhnlich war: Sein Geschenklieferant hatte die bestellten Waren noch nicht geliefert. Eigentlich war er die ganzen Jahre zuverlässig gewesen – und Nikolaus hatte auch gar keinen Grund zum Zweifel, dass seine Bestellung noch irgendwie rechtzeitig eintreffen würde – aber unruhig machte es ihn schon. Angenommen der Nikolaustag käme – und er hätte keine Geschenke, keine Teddys und Puppen, keine Eisenbahnen und Bücher. Nicht auszudenken – ein Nikolaustag ohne Geschenke!
Er hatte sich im Sommer mit dem Aussuchen viel Mühe gegeben – es war ja schon schwierig genug, mitten im Sommer an den 6. Dezember zu denken. Aber dann war er doch ganz zufrie-

den gewesen mit seiner Wahl: schönes Holz-
spielzeug, spannende Bücher, nette Plüschtie-
re – damit machte er den Menschen bestimmt
viel Freude!

Aber – dazu musste er die Geschenke erst einmal haben. Bestellt hatte er rechtzeitig – und
er hatte überhaupt keine Erklärung, warum
die Firma dieses Jahr so spät lieferte. Er hatte
schon mehrmals geschrieben – aber es kam
keine Reaktion.

Täglich schaute er voller Hoffnung bei der
Paketstelle vorbei. Aber der diensthabende
Engel, dem Nikolaus seine Sorgen anvertraut
hatte, musste ihn jeden Morgen neu enttäu-
schen: »Tut mir leid, aber es ist wieder nichts
für dich dabei!«

So allmählich geriet der Nikolaus doch in Panik. Was, wenn der sechste Dezember käme –
und er hätte keine Geschenke?

Plötzlich klingelte das Telefon. Nikolaus zögerte einen Moment, aber dann hob er doch
den Hörer ab: »Hier ist der Nikolaus.« – »Und
hier ist Andreas. Du, ich wollte dich nur rasch
an das Fest bei mir am 30. November erinnern. Du kommst doch, oder?« Der Nikolaus
seufzte unhörbar vor sich hin. Seit einiger Zeit

hatte es sich im Himmel eingebürgert, dass
jeder Heilige an dem Tag, wenn die Menschen
dessen Namenstag auf der Erde feierten, im
Himmel einen ausgab für alle Kollegen. Nikolaus hatte dem Brauch noch nie allzu viel ab-
gewinnen können, denn an seinem Namenstag war er selbst so im Stress, dass er da nicht
auch noch groß was für die Kollegen organisieren wollte und konnte – und außerdem war
diese Umtrunksache in letzter Zeit irgendwie
ziemlich ausgeartet, schließlich hatte an fast
jedem Tag irgendeiner der Heiligen Namenstag und nachdem mal einer angefangen hatte,
alle einzuladen, fühlten sie sich natürlich wiederum verpflichtet.
Nikolaus hatte im Moment, weiß Gott, andere Sorgen. Was sollte er nur tun, wenn die
Geschenke nicht rechtzeitig ankämen. Und
verpackt werden mussten sie ja auch noch!
Andererseits, schließlich war der hl. Andreas
sein Nachbar, da konnte Nikolaus schlecht
nein sagen. Er tröstete sich insgeheim, dass
bis zum Fest ja noch ein paar Tage Zeit waren.
Vielleicht waren ja bis dahin die Geschenke
angekommen – und er konnte dann in aller
Ruhe mit Andreas und den anderen feiern.

»Sag mal, bist du eigentlich noch dran?«, fragte Andreas' Stimme am anderen Ende der Leitung. Nikolaus zuckte zusammen, tatsächlich – er war so in Gedanken versunken gewesen, dass er ganz vergessen hatte, dass er den Telefonhörer in der Hand hielt und Andreas noch in der Leitung war. »Entschuldige, Andreas, aber ich war grad mit meinem Gedanken woanders!« – »Das hab ich gemerkt – also, du kommst doch zum Fest, oder?«, fragte Andreas beharrlich nach. »Ja, sicher doch«, sagte Nikolaus einlenkend, »und ich freu mich auch schon drauf!« Aber es klang, ehrlich gesagt, nicht so besonders begeistert.

Die Tage vergingen, aber die Geschenke wurden nicht geliefert. Nikolaus schickte Brief um Brief, versuchte in der Firma anzurufen – aber ohne Erfolg. Niemand antwortete auf seine Briefe, niemand nahm das Telefon ab – und die Geschenke wurden auch nicht geliefert. Seine Stimmungen wechselten rasch – er war zornig und wütend, ratlos und verunsichert, dann wieder hoffnungsvoll und optimistisch. Die Firma hatte ihn noch nie im Stich gelassen – und sie wussten doch auch, worum es bei diesem Auftrag ging.

Was aber, wenn doch das Schlimmste eintreffen würde? Ein Nikolaustag ohne Teddys und Puppen, ohne Eisenbahnen und Bücher? Er wagte gar nicht, es sich vorzustellen. Der Paketengel schaute immer schon ganz mitfühlend, wenn Nikolaus wieder vorbeikam, und schüttelte inzwischen nur noch schweigend den Kopf.

Schließlich war Nikolaus so verzweifelt, dass er Petrus um Hilfe bat. Er schilderte ihm die Situation und fragte Petrus, ob er nicht mal einen Engel bei der Firma vorbeischicken könnte, um nachzuschauen, was denn da möglicherweise los war.

Petrus kam der Bitte gerne nach, doch auch der Versuch hatte keinen Erfolg. Der Engel kehrte mit der Auskunft zurück, dass am Tor der Firma ein großes Schild hing, »Vorübergehend geschlossen« – und auf dem ganzen Firmengelände war kein Mensch zu sehen.

Der Nikolaus war schlichtweg ratlos. Inzwischen war es Ende November – und die Geschenke waren nicht da. Und viel Hoffnung hatte er nicht mehr. Was sollte er nur tun? Er konnte doch nicht einfach den Nikolaustag absagen, auf den sich die Menschen und vor

allem die Kinder so sehr freuten!? Aber ein
Nikolaustag ohne Geschenke – das war auch
nichts …

Und dazu war heute Abend noch das Fest bei
Andreas. Er hatte überhaupt keine Lust darauf – aber schließlich hatte er zugesagt. Und
vielleicht würde ihn das auf andere Gedanken
bringen, auch wenn ihm gar nicht nach Feiern
zumute war.

Er trödelte am Abend noch lange herum, dann
hing er sich schließlich seufzend seinen Mantel um. Er wollte auf seinem Weg zu Andreas
noch einmal kurz bei der Paketstelle vorbei-
schauen, vielleicht … obwohl, der Paketengel
hatte versprochen, ihn umgehend zu informie-
ren, wenn die Lieferung käme. Und so war es
dann auch – der Paketengel schaute ihn nur
kurz an, zuckte mit den Achseln – und sortier-
te ganz rasch wieder seine Päckchen. Und der
Nikolaus schlich mehr als er ging, mit hängenden Schultern, zur Wolke, auf der der hl. Andreas wohnte.

Andreas begrüßte ihn fröhlich – aber als er den
Nikolaus anschaute, nahm er ihn und führte
ihn ein bisschen abseits. »Was ist denn mit
dir los?«, fragte er behutsam. Nikolaus zögerte

einen Moment – er wollte Andreas schließlich sein Fest nicht verderben! – aber dann brach es doch aus ihm hervor. »Die Geschenke für den Nikolaustag sind nicht geliefert worden! Und alle freuen sich darauf – und ich habe nichts, absolut nichts, was ich den Menschen als Geschenk bringen kann! Das geht doch nicht – und was soll ich nur machen … und …« Nikolaus schluchzte. Andreas horchte auf, er hatte den Nikolaus noch nie weinen gesehen – und wenn keine Geschenke für den Nikolaustag da waren, dann war das wirklich eine schlimme Sache. »Hast du dich denn mal mit der Firma in Verbindung gesetzt?« – »Ich hab alles probiert, da meldet sich niemand! Ach, Andreas, ich weiß nicht mehr, was ich tun soll!«

Andreas dachte einen Augenblick lang nach, dann sagte er: »Setz dich mal hier in die Ecke. Da sieht dich niemand, und du bist ungestört. Ich bring dir was zum Trinken vorbei – und nachher, wenn es hier ein bisschen ruhiger geworden ist, denken wir mal zusammen nach, was wir tun können.«

Andreas' ruhige, vermittelnde Art tat dem Nikolaus gut, und er ließ sich aufseufzend in die dunkle Wolkenecke fallen. Aber seine Gedanken kreisten immer wieder nur um das eine – und er fand und fand keinen Ausweg …

Später setzte sich Andreas zu ihm. »Also, du hast keine Geschenke für die Menschen am Nikolaustag?!«, fasste er nochmal kurz die Situation zusammen. »Ja«, antwortete der Nikolaus – »und dabei hab ich so früh bestellt und so sorgfältig ausgesucht. Und die Firma hat mich noch nie im Stich gelassen!« – »Glaubst du dran, dass die noch liefern werden?« – So deutlich auf den Punkt gebracht, musste der Nikolaus sich selbst und Andreas zugestehen, dass er eigentlich nicht mehr daran glaubte.

»Hm«, Andreas dachte nach, »gar nicht so einfach. Aber dann müssen wir eben irgendwas selbst machen, was wir den Menschen schenken können.« – Der Nikolaus schaute ihn vollkommen entgeistert an: »Wie meinst du das denn? Denkst du etwa an Laubsägearbeiten oder handgestrickte Socken oder so was?« – »Das sind zwar auch ganz nette Dinge, aber dafür haben wir wohl keine Zeit mehr«, erwiderte Andreas ungerührt. »Nein, ich denke an backen!« – »An backen??« Nikolaus war sich nicht so ganz sicher, ob er mit seinen Problemen von Andreas wirklich ernst genommen wurde. »Klar«, sagte Andreas, »denk doch mal nach, Nikolaus! Wenn wir nichts haben, was wir schenken können, müssen wir selbst was machen. Und was können wir hier im Himmel in so kurzer Zeit herstellen? Da bleibt nur backen – wir backen einfach die Geschenke!« – »Und wie stellst du dir das, bitte schön, vor?« Nikolaus war noch immer ziemlich überrascht. »Ganz einfach – Mehl haben wir hier oben ausreichend, der Backofen in der Himmelsküche ist groß genug – und ausreichend Engel können wir notfalls auch organisieren. Zugegeben, bisher haben wir immer nur Manna gebacken – aber wenn man da noch ein paar Eier und Zucker zugibt, und vielleicht noch Schokolade …« Andreas' Stimme klang plötzlich sehr genüsslich, und irgendwie bekam man das Gefühl, dass er schon lange davon geträumt hatte, aus dem himmlischen Manna noch ein bisschen mehr zu machen.

Als Nikolaus ihn ansah, keimte eine erste Hoffnung in ihm auf. »Und du meinst, wir sollen dann aus dem Teig Eisenbahnen und Bücher, Teddys und Puppen machen und so?«, fragte er vorsichtshalber nochmal nach. »Naja – Eisenbahnen sind vielleicht ein bisschen schwierig zu formen – und es könnte sein, dass wir dazu nicht mehr die Zeit haben. Aber was hältst du denn von Herzen und Tannenbäumen und Engeln und Sternen? Das müssten wir doch eigentlich hinbekommen!«

Der Nikolaus begann zu hoffen. »Und du denkst, dass wir die Tannenbäume und Sterne dann einfach backen und den Menschen schenken?« Andreas nickte, »Ja, so könnte ich mir das denken!«

Nikolaus dachte nach und kam zu der Überzeugung, dass dies möglicherweise besser als gar nichts war. Also gut! Nur zwei Fragen quälten ihn noch: »Aber – woher willst du denn Zucker und Eier und Schokolade bekommen – und wer um alles in der Welt soll denn das alles machen?« Andreas lächelte, »gar kein Problem, ich kenn da einen kleinen Jungen, der hat ein Pfund Zucker und sechs Eier und eine Tafel Schokolade – mit dem könnt ich mal reden – und dann starten wir einen Arbeitsgroßeinsatz!« Nikolaus schwieg, leicht verwirrt. Er erinnerte sich dunkel, Andreas hatte schon einmal ein paar Fische und Brote vermittelt, die ein kleiner Junge mitbrachte. Er traute ihm in dem Bereich durchaus einiges zu. Aber ein

Backgroßeinsatz im Himmel? Das hatte es noch nie gegeben …

Andreas nahm kurzerhand die Sache in die Hand. Er organisierte Engel und Heilige – wer nicht irgendwas absolut Dringendes zu tun hatte, wurde zur Backstube befohlen. Wie durch ein Wunder standen ausreichend Eier, Zucker und Schokolade bereit. Und dann entfachte sich ein Feuerwerk an Betriebsamkeit. Andreas hatte das Rezept groß auf eine Wand geschrieben und in einer Ecke wurde fleißig der Teig angerührt. Die Schüsseln wanderten zur nächsten Wolke, wo die kräftigsten Engel und Heiligen dazu abgeordnet waren, den Teig dünn auszurollen. Dann wanderten die Teigplatten zur nächsten Station, wo einige künstlerisch begabte Engel daraus Tannenbäume und Herzen und Sterne schnitten – und einige machten sogar Kühe und Trauben und Lämmer. Die fertigen Figuren wanderten auf Backbleche, die dann wiederum von den Backengeln übernommen wurden. – Sie schoben sie in die Backöfen – und holten sie rechtzeitig wieder heraus und nach einer Zeit der Abkühlung strich schließlich die Gruppe der Malerengel Schokoladenguss darauf – auch wenn sie heftig gegen den Missbrauch ihrer Fähigkeiten protestierten. Aber Andreas blieb hart – jetzt mussten alle zusammenhelfen, damit der Nikolaustag gerettet wurde – da war keiner was Besseres. Er selbst war überall, half dort aus, wo es zu Engpässen kam – und sah nebenbei ab und an nach dem Nikolaus, den diese Betriebsamkeit vollkommen überrollt hatte. Er saß in seiner Ecke, staunte nur noch und bedankte sich bei jedem einzelnen Engel und Heiligen, der an ihm vorbeikam – und hielt den ganzen Betrieb damit eher auf. Aber das bemerkte der Nikolaus gar nicht, er war so glücklich, dass der Nikolaustag gerettet war, dass er das auch jedem sagen wollte!

Andreas erkannte seine Situation – und gab ihm kurzerhand den Auftrag, eine Liste zusammenzustellen, wer wie viel Plätzchen bekommen sollte, damit die Engel, die mit dem Einpacken beauftragt waren, endlich anfangen konnten. Die konkrete Aufgabe tat dem Nikolaus gut – und so setzte er sich hin und schrieb Listen mit Namen und Zahlen und vergaß dabei vollkommen seine Verwirrung …

Im Himmel breitete sich ein wunderbarer Geruch aus. Beutel um Beutel mit aus Teig geba-

ckenen Sternen und Tannenbäumen, Herzen und Engeln und ab und an einer Kuh und einer Lokomotive stapelten sich am Himmelstor. Nikolaus holte glückselig seinen Schlitten und die Rentiere hervor – und begann zu packen. Das hätte er nicht gedacht, dass er an diesem Nikolaustag den Menschen doch etwas würde schenken können!

Er fuhr mit seinem Schlitten und tausenden gepackter Päckchen voller Weihnachtsplätzchen zur Erde – und als die Menschen am 6. Dezember morgens aufwachten, stand vor jeder Tür eine Tüte mit gebackenen Engeln und Sternen, und ... – aber das wissen wir ja schon. Die meisten waren neugierig und probierten die Plätzchen und sie schmeckten ihnen ausgesprochen gut. Es gab nur wenige, die diese Botschaft nicht verstanden und den konkreten Büchern und Modelleisenbahnen hinterher trauerten.

Tatsache ist, dass viele Menschen diese himmlische Idee übernahmen – und seitdem backen sie Weihnachtsplätzchen. Sie sind oft noch auf der Suche nach dem besten Rezept – aber an Weihnachtsplätzchen geht kein Weg mehr vorbei.

Im Himmel bestanden die Engel darauf, auch in den kommenden Jahren Weihnachtsplätzchen zu backen, auch wenn sie nur für den Eigenbedarf gedacht waren. Aber die Aktion hatte ihnen ziemlich viel Spaß gemacht – und das war ja mal was anderes, als immer nur Manna zu backen. Und auch sie wetteiferten um die originellsten Rezepte und Ideen.

Seit dem Jahr gibt es die Weihnachtsplätzchen – und man muss ehrlicherweise dazusagen, dass sie vom hl. Andreas erfunden wurden. Ich persönlich bin ganz froh über diese Erfindung …

Die Mausefalle

Im Lande lebte ein Mann, der herumzog und kleine Mausefallen aus Stahldraht verkaufte. Er verfertigte sie selbst in seinen Mußestunden. Das Material erbettelte er sich in Kramläden oder auf größeren Bauernhöfen, sodass die Herstellungskosten so gering wie möglich waren. Aber das Geschäft war wohl nicht besonders einträglich, und er musste es bisweilen mit Betteln und Stibitzen probieren, um nur sein Leben zu fristen. Der Hunger leuchtete ihm aus den Augen.

Als er eines dunklen Abends unterwegs war, erblickte er eine kleine graue Hütte, die dicht am Wegesrand lag, und klopfte an, um Nachtherberge zu erbitten. Die wurde ihm auch nicht verweigert. Ja, anstatt der sauren Mienen, die ihn sonst zu begrüßen pflegten, wenn er in eine Stube kam, schien der Eigentümer, der ein freundlicher alter Mann ohne Weib und Kind war, sehr erfreut, dass jemand ihm in seiner Einsamkeit Gesellschaft leisten wollte. Vor allem aber stellte er den Breitopf auf das Feuer und bot ihm ein Abendbrot. Dann schnitt er von einer Tabaksrolle so viel herunter, dass es zum Stopfen der Pfeife des Fremden und seiner eigenen langte, und schließlich nahm er ein altes Kartenspiel hervor und spielte mit dem Gast bis zur Schlafenszeit Sechsundsechzig.

So freigebig er mit Grütze und Tabak gewesen war, war er auch mit seinem Vertrauen. Noch bevor das Wasser im Kessel aufkochte, hatte der Gast schon erfahren, was für ein Mann er war und wie es ihm erging. In den Tagen seiner Kraft war er Tagelöhner auf dem Gute Ramsjö gewesen. Jetzt, wo er nicht mehr arbeiten konnte, war es seine Kuh, die ihn ernährte und maßlos viel Milch gab. Vorigen Monat hatte er ganze dreißig Kronen dafür eingeheimst. Der Alte ging zum Fenster und nahm einen Lederbeutel herunter, der an einem Nagel am Fensterkreuz hing. Er kramte drei zerknitterte Zehnkronenscheine heraus, hielt sie dem Gast vor die Augen, nickte bedeutsam und steckte sie wieder in den Beutel.

Am nächsten Tage standen die beiden Männer früh auf. Sie verließen gleichzeitig das Häus-

chen. Der Kätner sperrte die Tür zu und steckte den Schlüssel in die Tasche. Der Mann mit der Mausefalle sagte »dank schön« und »behüt Gott«, und damit wanderte jeder nach einer anderen Seite von dannen.

Aber als eine halbe Stunde vergangen war, stand der zerlumpte Hausierer wieder vor dem Häuschen. Er versuchte nicht hineinzukommen. Er ging nur zum Fenster, zerklopfte eine der Scheiben, steckte die Hand hinein und erfasste den Beutel mit dem Geld. Dann nahm er die drei Zehner heraus und steckte sie zu sich. Hierauf hängte er den Lederbeutel fein säuberlich an seinen Platz zurück und verschwand in den Wald.

Als der Mausefallenhändler mit dem Geld in der Tasche weiterwanderte, fühlte er nicht die gewohnte Genugtuung über einen gelungenen Streich. »Das ist doch ein Hundeleben«, seufzte er, »pfui Teufel, stehlen müssen, um nur am Leben zu bleiben. Es macht eigentlich nichts aus, den Bauern und den Herrschaften etwas zu stibitzen, aber wenn's über einen hergeht, der beinahe ein ebenso armer Schlucker ist wie unsereins selbst, da kriegt man einen ganz bitteren Geschmack im Mund.«

Das Unbehagen, das er empfand, wurde noch durch den Gedanken verstärkt, dass er jetzt eine Zeit lang die große Heerstraße vermeiden und sich auf einsamen Seitenwegen durch die Wälder schleichen musste, bis er in einen anderen Teil des Landes kam. Er ging und ging den ganzen Tag, ohne dass der Wald sich lichtete. Solange er konnte, hielt der Mann sich aufrecht. Schließlich sank er auf den Waldboden nieder, ganz aufgelöst von Müdigkeit. Aber im selben Augenblick, in dem er seinen Kopf auf die Erde bettete, hörte er ein Geräusch. »Das ist ein Eisenhammer«, sagte er. »Hier müssen Leute in der Nähe sein.« Mit dem Aufgebot seiner letzten Kräfte erhob er sich und begann dem Laut nachzuwanken.

In einer der langen dunklen Nächte gerade vor Weihnachten saßen der Schmiedemeister und sein Gehilfe in der schwarzen Schmelzschmiede des Eisenwerks Ramsjö und warteten darauf, dass das Eisen, das in der Esse erhitzt wurde, weißglühend genug war, um auf den Amboss gelegt zu werden. Von Zeit zu Zeit stand einer von ihnen auf, um Kohlen in den Ofenrachen zu schaufeln oder um mit einem langen Eisenspieß in die glühende Masse zu stoßen, und kam dann nach einigen Augenblicken schweißbedeckt zurück, obwohl er nach hergebrachtem Brauch nichts anderes anhatte, als ein langes Hemd und ein Paar Holzpantinen.

Die ganze Zeit war die Schmiede von Geräuschen erfüllt. So war es nicht zu verwundern, dass die Männer erst merkten, dass ein Wanderer die Tür geöffnet hatte und in die Schmiede gekommen war, als er dicht vor ihnen stand. Sicherlich war es für sie nichts Ungewohntes. Sie warfen dem Neuangekommenen nur einen gleichgültigen Blick zu, auch wandten sie weiter kein Mitleid an ihn. Der Mausefallenhändler verhielt sich still. Worauf es ihm ankam, war ja, in der Schmiede zu bleiben und sich zu wärmen.

Nun geschah es, dass der Besitzer des Eisenwerks gerade jetzt in die Schmiede kam. Das Erste, was er sah, war natürlich der hochgewachsene Landstreicher, der sich so nahe dem Ofen niedergehockt hatte, dass der Dampf von seinen durchnässten Lumpen aufstieg. Und er warf ihm nicht nur einen gleichgültigen Blick zu, wie die Schmiede, sondern ging dicht an ihn heran und betrachtete ihn prüfend. Und plötzlich riss er ihm den Schlapphut vom Kopfe, um ihm besser in die Augen sehen zu können. »Aber das bist du ja selbst, Niels Olof«, rief er. »Wie du aussiehst!«

Der mit den Mausefallen hatte den Gutsherrn von Ramsjö nie im Leben gesehen und wusste nicht einmal, wie er hieß. Aber er sagte sich sofort, dass, wenn dieser feine Herr ihn für einen alten Bekannten hielt, er ihm vielleicht ein paar Kronen schenken würde, und darum wollte er ihn nicht gleich wieder aus seinem Irrtum reißen. »Ja, mit mir ist's bergab gegangen, weiß Gott«, sagte er.

»Du hättest eben nie deinen Abschied vom Regiment nehmen sollen«, sagte der Gutsherr. »Das war der ganze Fehler. Aber jetzt kommst du natürlich mit zu mir nach Hause?«

Aber mit in den Herrenhof zu kommen und dort als alter Regimentskamerad des Besitzers empfangen zu werden, das war nicht so recht nach dem Geschmack des Mausefallenhändlers. »Aber nein, aber nein«, sagte er und sah gewaltig erschrocken drein. »Das keinesfalls –«

Als der andere sah, dass er sich so zierte, begann er hellauf zu lachen. »Du darfst nicht glauben, dass es bei mir daheim so hochherrlich zugeht, dass du dich da nicht zeigen kannst«, sagte er. »Elisabeth ist tot, das hast du vielleicht gehört, die Jungens sind im Ausland, und so hausen nur ich und meine älteste Tochter auf dem Herrenhof. Wir haben uns gerade darüber beklagt, dass wir in den Feiertagen so ganz allein sein werden. Komm jetzt, dann wird wenigstens den Weihnachtsspeisen mehr Ehre angetan werden!«

Aber der Fremde blieb bei seinem nein, nein, nein, und als der Gutsherr in ihn drang, schien er drauf und dran, die Flucht ergreifen zu wollen. Da sah der Gutsherr, dass da nichts zu machen war: »Mir scheint, Rittmeister von Stahle will heute Nacht lieber bei dir bleiben, Stjarnström, als zu mir kommen«, sagte er zum Schmiedemeister, »da musst du ihm schon Nachtlogis geben.« Damit ging er, leise lachend, seiner Wege, und die Schmiede, die ihn gut kannten, wussten wohl, dass er noch nicht sein letztes Wort gesprochen hatte.

Es dauerte auch nicht mehr als eine halbe Stunde, als sie das Rollen von Wagenrädern hörten und ein neuer Gast zur Tür hereinkam. Der Hüttenherr hatte seine Tochter geschickt, offenbar in der Erwartung, dass ihre Überredungskunst größer sein würde. Sie kam herein, von einem Bedienten gefolgt, der einen großen Herrenpelz trug. Sie war durchaus nicht schön zu nennen, sie sah unansehnlich und scheu aus, und ihr Blick war ernst und schwermütig. Der Fremde hatte sich auf dem Boden ausgestreckt, einen Eisenklumpen unter dem Kopf, den Hut über dem Gesicht. Sowie die Gutsbesitzerstochter ihn erblickt hatte, ging sie auf ihn zu und hob den Hut. Der Mann war wohl einer von jenen, die es gewohnt sind, nur mit einem Auge zu schlafen. Er war augenblicklich wach und stand sofort vor ihr.

»Ich heiße Edda Willmanson«, sagte das junge Mädchen. »Mein Vater sagte, dass der Herr Rittmeister heute Nacht hier in der Schmiede schlafen will. Da bat ich ihn, herfahren und den Herrn Rittmeister mit zu uns nach Hause bringen zu dürfen. Es tut mir so leid, dass der Herr Rittmeister es so schwer hat. Mein Vater sagte, dass der Herr Rittmeister das Regiment wegen Gewissensskrupel verlassen hat.« Sie heftete ihren tiefen Blick mit mitleidiger Bewunderung auf ihn. Und der zerlumpte Kerl dachte bei sich selbst, dass, wenn die feinen Herrschaften sich so viel Mühe machten, damit er zu ihnen käme, es wohl undankbar von ihm wäre, sich weiter zu spreizen. Es konnte ja ganz schön sein, einmal im Leben in einem Herrschaftsbett zu schlafen.

»Das hätte ich mir aber doch nie gedacht, dass das gnädige Fräulein selbst sich die Mühe machen wird, meinetwegen bei der Nacht in die Schmiede zu kommen«, sagte er, »ja, dann geh' ich halt doch mit.« Damit nahm er den Pelz, den ihm der Bediente mit einer tiefen Verbeugung reichte, warf ihn über seine Lumpen, und ohne den erstaunten Männern in der Schmiede auch nur einen Blick zu gönnen, ging er an der Seite des jungen Mädchens zum Wagen hinaus. Der nächste Tag war der Heilige Abend. Als Hüttenherr Willmanson zum Frühstück in den Speisesaal kam, dachte er mit erwartungsvoller Freude an den alten Regimentskameraden, der ihm so recht gelegen und passend in den Weg gekommen war.

»Jetzt soll er sich zuerst ordentlich bei uns anessen«, sagte er zu seiner Tochter, die irgendetwas auf dem Speisetisch ordnete, »dann will ich schon dafür sorgen, dass er eine bessere Beschäftigung findet, als im Lande herumzuziehen und Mausefallen zu verkaufen.«

»Es ist doch merkwürdig, wie rasch es mit ihm bergab gegangen ist«, sagte die Tochter. »Gestern erinnerte aber auch gar nichts an ihm daran, dass er ein gebildeter Mann ist.«

»Warte nur, mein Kind«, sagte der Vater. »Wenn er nur erst ordentlich herausgeputzt ist, wirst du schon anders sprechen. Gestern war er befangen, verstehst du? Die Vagabundenmanieren fallen mit den Vagabundenkleidern.«

Gerade als der Hausherr dies sagte, ging die Tür auf, und der ehemalige Mausefallenhändler kam herein. Ja, das war sicher. Herausgeputzt war er. Der Bediente hatte ihm die Haare geschnitten, ihn rasiert und gebadet, er war so rein, dass er förmlich blinkte. Außerdem trug er ganze Schuhe und Strümpfe, ein weißes Hemd mit einem gestärkten Kragen und einen hübschen Sakkoanzug, den der Gutsherr von Ramsjö ihm geliehen hatte. Aber obgleich er so fein herausstaffiert war, schien der Hausherr nicht recht zufrieden. Er betrachtete seinen Gast mit zusammengezogenen Augenbrauen; denn man muss bedenken, als er den fremden Mann in dem flackernden Feuerschein der Schmiede erblickte, hatte er ihn freilich leicht verwechseln können, aber nun er ihn rein gewaschen und rasiert bei vollem Tageslicht vor sich sah, gab es keine Möglichkeit mehr, ihn für einen alten Bekannten zu halten. »Was soll das heißen?«, brüllte er ihn an. Der andere machte keinen Versuch, sich zu verstellen. Er begriff, dass die Herrlichkeit jetzt ein Ende hatte. »Ja, gnädiger Herr, da kann ich nix dafür«, sagte er. »Ich hab mich nie für was anderes ausgegeben, als für einen armen Kesselflicker, und ich hab gebeten und gebettelt, dass man mich in der Schmiede lassen soll. Und es ist ja weiter kein Unglück passiert, ich zieh halt meine alten Lumpen wieder an und mach mich auf den Weg.«

»Nun ja«, sagte der Hüttenherr etwas gedehnt, »aber ein ehrliches Vorgehen war das doch nicht, das musst du doch einsehen. Und vielleicht hätte der Dorfrichter auch noch ein Wörtchen in die Sache dreinzureden.«

Der Landstreicher kam nun einige Schritte näher heran und schlug mit der Faust auf eine Stuhllehne.

»Ich werde dem gnädigen Herrn einmal sagen, wie die Geschichte ist«, sagte er. »Die ganze Welt ist nix anderes als eine große Mausefalle. All das Gute, was man einem gibt, das sind nur so Speckschwarten und Käsebrocken, hingelegt, um einen armen Teufel ins Verderben zu bringen. Und wenn jetzt der Dorfrichter kommen und mich auch noch ins Loch sperren soll, dann soll der gnädige Herr lieber dran denken: Es kann ein Tag kommen, wo er selber Lust auf so ein schönes Speckstückel kriegt und sich in der großen Mausefalle fängt.«

Der Gutsherr lachte. »Weißt du was, du Schlingel? Das war gar nicht so übel gesagt. Wir wollen den Dorfrichter am Weihnachtsabend vielleicht lieber in Ruhe lassen. Aber schau jetzt, dass du weiterkommst!«

Doch jetzt ergriff die junge Gutsbesitzerstochter das Wort: »Ich finde, er sollte heute bei uns bleiben«, sagte sie. »Ich will nicht, dass er geht.« Und damit trat sie vor und stellte sich dem Landstreicher in den Weg.

»Was um Himmels willen fällt dir ein?«, fragte der Vater.

»Ich denke an diesen Wandersmann«, sagte das junge Mädchen. »Er geht und geht das ganze liebe Jahr, und sicher gibt es auf der ganzen Erde kein Fleckchen, das er sein nennen, keinen Ort, an dem er willkommen ist und in Frieden ruhen kann. Gehetzt und vertrieben wird er wohl überall, wo er hinkommt. Immer hat er Angst, eingefangen und seiner Freiheit beraubt zu werden. Ich wünschte, er fände doch hier bei uns einen Tag des Friedens. Einen einzigen im ganzen Jahr.«

Gutsbesitzer Willmanson murmelte etwas in seinen Bart. Er konnte sich nicht recht aufraffen, der Tochter entgegenzutreten.

»Es mag ja sein, dass das Ganze ein Irrtum war«, sagte das junge Mädchen, »aber jedenfalls finde ich, wir können den nicht fortweisen, den wir zu uns gebeten und dem wir eine Weihnachtsfreude versprochen haben.«

»Du predigst ja ärger als ein Pfaff«, sagte der Gutsherr. »Nun ja, ich will nur hoffen, dass du das, was du tust, nicht zu bereuen hast.«

Da nahm die Gutsbesitzerstochter den fremden Mann bei der Hand und führte ihn zum Esstisch. »Setz dich nun nieder und iss mit uns«, sagte sie; denn sie merkte ja, dass der Widerstand des Vaters gebrochen war.

Der Mausefallenhändler hatte die ganze Zeit über kein Wort gesagt, und auch jetzt verhielt er sich still. Aber er sah das junge Mädchen, das sich so für ihn eingesetzt hatte, nur immer an. Was sie für ihn getan, war etwas so Wunderbares, dass es ihn ganz verstummen ließ.

Dann verging dieser Weihnachtsabend auf Ramsjö ungefähr ebenso wie alle anderen Weihnachtsabende.

Man hatte nicht viel Mühe mit dem fremden Gast; denn er tat eigentlich nichts anderes als schlafen. Den ganzen Vormittag lag er auf dem Sofa des Fremdenzimmers und schlief in einer Tour. Um die Mittagszeit wurde er geweckt, damit er von all den Weihnachtsspeisen mitessen konnte, aber dann schlief er weiter. Es war, als hätte er seit Jahr und Tag keinen guten und erquickenden Schlummer gefunden.

Am Nachmittag, als der Christbaum angezündet wurde, weckte man ihn abermals, und da stand er nun ein Weilchen und sah blinzelnd in die Weihnachtskerzen, und als die Weihnachtspolka gespielt wurde, tanzte er eine Runde herum. Aber die Augen fielen ihm dabei zu, und er verschwand wiederum. Einige Stunden später wurde er noch einmal gestört. Er sollte in den Speisesaal herunterkommen und Fisch und Grütze mit ihnen essen. Doch kaum war man vom Tisch aufgestanden, ging er von einem zum andern, gab die Hand und sagte danke und gute Nacht.

Als er zu dem jungen Mädchen kam, sagte sie ihm, ihr Vater wünsche, dass er die Kleider, die er anhatte, als Weihnachtsgeschenk betrachte. Er brauchte sie nicht zurückzugeben. Und wenn er am nächsten Weihnachtsabend in ein Haus kommen wollte, wo er sich in Frieden ausruhen und sicher sein konnte, dass ihm nichts Böses widerfuhr, so möge er zu ihnen kommen. Der Mann erwiderte nichts darauf. Er sah die Gutsbesitzerstochter nur mit derselben unermesslichen Verwunderung und Bestürzung an.

Am nächsten Morgen standen der Hüttenherr Willmanson und seine Tochter schon in aller Frühe auf, um zur Weihnachtsmette zu fahren. Ihr Gast schlief noch immer, und man ließ ihn schlafen. Als sie gegen zehn Uhr zurückkamen, ließ das junge Mädchen den Kopf noch tiefer hängen als gewöhnlich. Sie hatte in der Kirche gehört, dass einer der früheren Tagelöhner des Gutes von einem Kerl bestohlen worden war, der herumging und Mausefallen verkaufte.

»Ja, das ist ja ein netter Geselle, den du da ins Haus gebracht hast«, sagte der Vater. »Ich möchte wissen, wie viele silberne Löffel jetzt noch in unserem Büfett liegen.« Kaum war der Wagen vor der Freitreppe stehengeblieben, als der Gutsherr sich beeilte, den Bedienten zu fragen, ob der Fremde noch im Hause sei.

Der Bediente erwiderte, der Mann sei schon fort; er habe aber ein kleines Päckchen zurückgelassen, das das gnädige Fräulein die Güte haben möge, einem alten Mann zu senden, der einmal Tagelöhner auf dem Gute gewesen war und jetzt auf der anderen Seite des Waldes an der großen Landstraße lebte. »Er bat, das gnädige Fräulein sollte das Päckchen zuerst öffnen.«

Das junge Mädchen riss den Umschlag auf und stieß einen kleinen Freudenschrei aus. Sie hatte eine kleine Mausefalle gefunden, in der drei zusammengerollte Zehnkronenscheine lagen. »Da siehst du, Papa«, sagte sie. »Er ist allerdings in die Falle geraten, aber diesmal ist es ihm doch gelungen, wieder herauszukrabbeln.«

KURT TUCHOLSKY

Kleine Reise 1923

> Das Rathaus zu Goslar ist eine weißangestrichene
> Wachstube. Das danebenstehende Gildenhaus hat schon ein
> besseres Ansehen. Ungefähr von der Erde und vom Dach
> gleich weit entfernt stehen da die Standbilder deutscher
> Kaiser, räucherig schwarz und zum Teil vergoldet, in der
> einen Hand das Zepter, in der andern die Weltkugel;
> sehen aus wie gebratene Universitätspedelle.
>
> Heinrich Heine: ›Die Harzreise‹

Graf Koks lehnte sich behaglich in die wei-
che Ecke des warmen Coupés zweiter Klas-
se, das zu benutzen ihm seine Mittel gestat-
teten. Draußen der Gang des D-Zugwagens
war gerammelt voll, er streckte sich wohlig
auf seinem Sitz. Die Brotkartengesichter um
ihn herum schliefen oder dösten. Er bat Aphrodisiaka, die ihm gegenüber saß, ein glückliches Gesicht aufzuziehen, was sie freundlich
lächelnd tat, genoss die Vorstellung: fünf freie
Tage, fern von Berlin – und schlug sein Lieb-
lingsbuch auf, bei dessen Titel man schon das

Schmunzeln bekam: »Collin ist ruiniert« von Frank Heller.

Wie da Geschichte und – erdichtete – Realität durcheinander wirbelten und ineinander verwebt waren! Wie man bald nicht mehr aus noch ein wusste, kaum noch unterschied, ob Professor Pelotard eine Romanfigur oder ein wirklich existierender Mensch war, ob Ereignisse als gedruckt oder als gelebt zu gelten hatten, und von Gnaden welcher Fantasie eigentlich Lavertisse lebte und durch die Seiten wandelte! Der Weihnachtszug fuhr knackend über die Weichen, stieß polternd bei den Kurven an und nahm alle süßen Ecken mit … Wie viel gute Laune sang aus diesem Buch! Mit welchem Behagen war daran gearbeitet worden! Graf Koks hatte vergessen, wie der bürgerliche Name dieses Schriftstellers eigentlich lautete – auf alle Fälle war er schwer zu beneiden! Wie viel sanfte Nachmittage, leuchtende Morgen, braun hindämmernde Abende waren in dies Buch hinein genommen worden! Wie glatt musste alles funktioniert haben, als der Autor sein Kind austrug: Wetter, Bankauszüge, Verdauung und die Dame seines Herzens! Eine unbändig gute Laune sprach aus allem:

tausendmal machte der Fabulierer in der Fabel halt, verlustierte sich an bunten kleinen Einzelheiten und beschrieb mit ebenso viel Sorgfalt wie himmlischem Humor italienische Straßenszenen und spaßige Einzelheiten aus sicherlich erlebten, sehr sorglosen Tagen … Ja, das war ein amüsantes Buch.

Aufatmend legte er beiseite, was er glückselig lächelnd durchgekostet hatte … Goslar.

Wenn man ausstieg, war noch gar nichts. Goslar fing nicht am Bahnhof an; es war, wie wenn sich jemand auf einem Maskenfest in einem nüchternen Vorraum erst die Gummischuhe auszieht … Bahnübergang, graue preußische Backsteinbauten – aber dann, nach fünfzig Schritten: Lebkuchen, kleine Giebel, angeklebte Fenster, weicher Watteschnee auf den Spitzwegdächern – Regie: der Winter, und es war sehr hübsch inszeniert. Graf Koks und die Gräfin Koks wandelten leise erfreut durch die krummen Straßen, nahmen im Hotel Zur Goldenen Girlande Wohnung und zogen sich in ihre Appartements zurück.

Das gräfliche Paar strich unproduktiv und in keiner Weise zum Wiederaufbau Deutschlands

beitragend die Straßen entlang. Dunkelblau-
grau war der Weihnachtsnachmittag, sacht
nahm der Beleuchter das Licht aus den Sof-
fitten und verdunkelte langsam die Rampe …
Die ersten Lichter in den Stuben zwinkerten.
Die Ausgestoßenen wandelten durch die Stra-
ßchen, keiner familienhaften Weihnachtsfeier
teilhaftig. Der kalt glitzernde Schnee knirschte
unter ihren Schritten, nur wenige Goslarer gingen hastig, bepaketet und festlich zur Eile ge-
trieben, dahin. Durch die Fensterchen funkel-
ten die Lichter der ersten Weihnachtsbäume,
man ahnte die Freude, und wenn man genau
hinhörte, roch es gebraten und warm.
Da feierten sie. Es feierte der sächsische In-
dustrielle, der sich seine Tarifverhandlungen
durch die Reichswehr führen ließ; es feierte
der Offizier, der mit der einen Hand für die gefangenen Brüder an der Ruhr focht und mit
der andern die Brüder aus Thüringen in die
Schutzhaft sperrte, dass es nur so knackte.
»Ihnen gilt in erster Linie unser Weihnachts-
wunsch nach Frieden und Freiheit«, hatte
unser Reichskanzler durch den Rundfunk wei-
tergegeben. »Ihnen« – damit meinte er natürlich die in Thüringen und Sachsen. Oder war

er auf eine andre Wellenlänge eingestellt? Da umstand den Weihnachtsbaum der Landgerichtsrat, der in Hannover einen kleinen ostgalizischen Devisenschieber zu acht Monaten Gefängnis verurteilt hatte; es zündete an die christlichen Lichter jener Richter, der Kaufleute freigesprochen hatte, weil sie einer Frauensperson aus Köln ob ihres Umgangs mit Franzosen die Zöpfe abgeschnitten hatten: sie alle feierten warm und wohlbehalten Weihnachten. Manche Fenster waren dunkel: vielleicht heulte hinter ihnen in der Kälte eine Frau, deren Mann in einem Gefängnisloch hockte, stumpfsinnig, und von Gott und dem Ausnahmezustand geschlagen, den sein Präsident über ihn verhängt hatte. Hatte sich Christus der Sünder erbarmt – der Wehrkreiskommandeur dachte über diesen Fall anders. Das gräfliche Paar hob die Köpfe. Gesang? Gesang quoll über die Häuser, zog linde durch die schneidend kalte Luft. Und Orgelklang … Sie gingen ihm nach und kamen an eine Kirche.

Graf und Gräfin Koks traten ein. Weihnachten! Das hohe Fest der christlichen Kirche – wie wurde das gefeiert?

In einem steinkalten Raum standen lieblos geputzte Tannenbäume. Man sang recht und schlecht und falsch. Ein fahles Dutzendpublikum füllte die Bänke und machte hoffnungslos stumpfe Gesichter. Auf diesen Gesichtern stand: Brotkarte, Tarif, Wohnungsamt, Abbau, Tarif, schematischer Abbau, Tarifabkommen. Ein Gehaltsempfänger in schwarzem Behang schritt auf die Kanzel und sagte auf, wozu er verpflichtet war. Aber getragen vorgebrachte Papiersätze sind noch kein Pathos, und so wurde auch dies keines. Nicht ein Wort, das einen anging, nicht ein Wort, aus dem die geistige Not dieser Zeit sprach – nicht ein Wort davon, dass so vieles zerbrochen, so vieles neu, aber unvollkommen geboren ward … Zitate aus der (inzwischen verfilmten) Bibel zierten die Ansprache, und was darüber war, bewegte sich auf dem Niveau einer Weihnachtsbetrachtung des »Berliner Lokal-Anzeigers«. Die Masse saß starr und stumpf; der einzige natürliche Laut in diesem Raum war das selbstvergessene Lallen eines Kindes, das, mit dem Finger im Mund, selig in die flimmernden Kerzen guckte und von Gott und diesen seinen Vertretern noch nichts wusste. Der sorgsame

Küster hatte die Tür abgeschlossen, die gräflichen Besucher konnten nicht herausgelangen und hingen nun mit gekreuzten Beinen an den Lippen des verehrten Redners. Er sprach die angenehme und klare Mundart der niedersächsischen Gegend, die einen der saubersten Dialekte Deutschlands hat. Aber was er sagte, musste selbst den jammern, in dessen Namen er zu sprechen vorgab … Es war zum Gotterbarmen.

Das gräfliche Paar begab sich elastischen Schrittes auf den Heimweg. Oben, auf dem Turm der Kirche stand ein Bläserchor und tat das Seine. Die kuppelüberdachte Plattform, die aussah wie die Spitze eines Baumkuchens, war schwach erhellt, weihevoll und erschröcklich schief drangen die Töne von »O du fröhlicheee« herunter in das Weltgewühl von mindestens zweiundvierzig Passanten. Das war hübsch. Welch ein Anachronismus, dieses Weihnachten! Man denke sich in den irren Lärm der drei Berliner Börsensäle ein Weihnachtslied gespielt – es passte nicht ganz dorthin. Aber man denke sich dort: ›Yes, we have no bananas!‹ – Rhythmus, Melodie und Text würden nur noch aufreizender, noch aufregender, noch bejahender wirken. Fatal, dass so viele Leute nur Weihnachten feiern, weil so viele Leute Weihnachten feiern.

Das Paar ging zur Ruhe. Gute Nacht.

Für den nächsten Tag war Schlittenfahrt angesagt. Wie gut, dass an der Wirtshaustür »Denkt an die Schande von Versailles!« angeschlagen stand! Denn so war der schlechte, aber teure französische Rotwein, den es zum Frühstück gegeben hatte, erklärlich und bekömmlich gemacht. Draußen blies die Platzmusik aus leicht angefrorenen Posaunen, die Schellen auf den Pferdekopfbüschen vorm Schlitten klingelten – los gings.

Der Schnee »stand rieselnd«, wie Alexander von Villers sagt, der Schlitten klingelte sich zu Tal, und die ernsten, schweigsamen Tannen ... (Folgen zwei Seiten Landschaftsschilderung.) Durch den weißen Schnee kamen einem Leute entgegen. Tarifgesichter; grau und gelb von Zimmerluft, verkniffen und gefaltet von vielerlei rechthaberischen Verhandlungen, passten sie nicht einmal in diese Natur. In die Ecke, Stubenwesen – seids gewesen, seids gewesen ... ! Nun ist der Harz allerdings nur noch ganz schwach mit Natur gefüllt. Da gibt es nichts mehr zu entdecken, da ist kein Neuschnee, da blüht nichts mehr unverborgen: kein Fußbreit Boden, auf dem nicht ein Sachsenschuh entlanggelatscht wäre, alles ist eingezäunt, mit Tafeln versehen, tausendmal erklärt und gänzlich ausgelaugt. Eine Stadtanlage.

Im Achtermann zu Goslar ist eine Bismarck-Nische. Von Historie geschwängert liegt die niedrige Decke bedeutungsvoll über den dicht mit Bildern besäten Wänden. Bismarck zu Pferde und Bismarck zu Friedrichsruh, Kitschonia, die Göttin der achtziger Jahre, baut gewänderumwallt dem riesigen Helden irgendeine symbolische Klistierspritze, und was der Kladderadatsch da an ranzigem Fett unter Glas und Rahmen zu hängen hat, das ist gar nicht zum Blasen. Immerhin fehlt auch eine handschriftliche Probe des Gewaltigen nicht: »Wenn der Deutsche sich auf sich selbst besinnen soll, muß er erst eine Flasche Wein im Leibe haben ... « Heil!

Es wird überhaupt ein bisschen viel geheilt in Goslar. Die Zeitungen sind voll von Versammlungsberichten der Jungmannen verschiedenster Observanz. Stahlhelm, Jungdeutscher Orden,

Bismarckbund und was sonst noch so in Preußen gut und verboten ist, tagt dort ununterbrochen. »Ein flottes Tänzchen beschloss die von echt deutschem Geist durchwehte Weihnachtsfeier.« Geleitet von Studienräten, Geistlichen und andern Jugenderziehern, die einer neudeutschen Jugend das ganze von den Romantikerepigonen entlehnte Vokabularium an den Kopf werfen, womit sie schon einen Weltkrieg verloren haben: noch mal! noch mal! Man denke sich ein dünnes Abziehbild der Original-Imitation eines Fichte-Kopisten, und man hat ungefähr einen Begriff von dieser Diktion. Nicht eine Spur von Selbsteinkehr, nicht ein Lichtlein Demut, Selbstkritik, Blick nach innen – vielmehr ein dummdreistes Geschrei gegen den Erbfeind, ein Gassenantisemitismus, der einen zum innigsten Verehrer des Berliner Konfektionsviertels machen könnte, und ein rohes Gebrüll gegen die Arbeiter und für den Zwölfstundentag der andern. Die Herren selbst sind mit seiner lukrativen Organisation beschäftigt. Masochisten im Stahlhelm, umbrodelt von einer heidnischgermanisch-christlichen Bieranschauung.

Krumme Gassen, gassauf, gassab. Sie gingen hintereinander, weil das Trottoir so schmal

war. Wie, wenn sich nun plötzlich eine Hand aus einer pfefferkuchenbraunen Tür streckte und die Gräfin wegschnappte, Koks merkt es erst an der nächsten Ecke, ruft angstvoll: »Aphrodisiaka!« – aber sie ist und bleibt verschwunden … Nein, hier ist Preußen. Märchenhaft sind nur unsre Richter. Sonst nichts. Letzte Promenade durch die verwinkelten Gassen. Begreiflicher Hang der Bewohner, bei solchen Kulissen auch immer wieder die alten Stücke aufgeführt zu sehen. In einem Laden eine Uhr, nur aus Stroh, wie so vieles in diesem Lande. Eine Zeitung hatte die Nachricht gebracht: »Eine Violine aus Streichhölzern erbaut. Wiederum ein Beweis deutschen Fleißes …« Wobei zu bemerken, dass dort kein Satz mehr ohne dieses nicht geographische, sondern wertbejahende Adjektiv gedruckt werden kann. Eine echt deutsche Schmockerei!

Letzte Promenade, Winke-Winke, Abschied und Räderrollen. Durch vereiste Scheiben flimmern die Lichter Goslars.

Der Graf setzte sich wiederum in die Ecke, zog den Schelmenroman Frank Hellers aus der Tasche und sprach in seine kleine, aber wohlgepflegte Zigarre:

»Frau Gräfin, wir fahren jetzt in den zwanzigsten Jahrgang der ›Weltbühne‹ hinein! Zehn Jahre davon bin ich auch dabei gewesen, und es waren nicht meine schlechtesten! Das ist die einzige Stelle in Deutschland, wo man sagen kann, wie einem ums Herz ist, und wo ich immer die Wahrheit sagen durfte: ohne taktische Rücksichten auf Verleger, Inseraten und Leser und ohne jene maßlos törichte Feigheit der großen Presse vor ihrer eigenen ›Kulturmission‹. Komm, schreib an S. J. eine Ansichtskarte und gratuliere ihm: ahnungslos, aber herzlichst!« – »Und warum«, fragte die Gräfin, »sind Sie zur Zeit nicht mehr dabei, Herr Graf?« Da sah der Graf noch einmal von seinem Buch auf und sagte: »Weil die Zeit mir dagegen zu sein scheint. In einem schlecht geheizten Warteraum voll bösartiger Irrer liest man keine lyrischen Gedichte vor. Wenn irgendeiner uns in das Ausland unter richtige Menschen holt, damit wir erst einmal wieder einen klaren Kopf bekommen, Übersicht und Festigkeit, dann will ich's wieder versuchen. Bis dahin bleibt – über diese Sozialdemokratie, über Industriewegelagerer, Städteaushungerer und Schutzhaftgenerale, über den

Bürgerpräsidenten Louis Philippe Ebert, über Radeks sitzengebliebene Zöglinge und Bayerns Ehrenwortfabrikanten – bis dahin bleibt nur eines:
Schweigen. Schweigen. Schweigen.«

JOSEPH ROTH

Weihnachten moderner Junggesellen

Vor einem halben Jahr noch war diese Bar nicht vorhanden. Damit sie entstehe, bedurfte es eines modernen Architekten mit einem sadistischen Zug, einer jener Männer, denen es vollkommen gleichgültig ist, ob sie ein Mausoleum, eine elektrische Hinrichtungsstätte, ein Warenhaus oder ein Nachtlokal bauen sollen, ein Maschinenhaus oder eine Gartenlaube, einen Musiksalon oder ein Badezimmer. Ein gewisser sakraler Komfort verbindet sich mit einer grausamen Nüchternheit, und das Zweckmäßige ist bis zu einem so vollendeten Grade vorausbedacht, dass es bereits die Wirkung des Schaurigen auszuüben beginnt.

Es gibt in manchen Warenhäusern stahlblau beleuchtete Fahrstühle, in die man nicht ohne eine starke Erschütterung einsteigt und in denen man der Täuschung verfällt, dass sie, die sich so bemühen, das Metaphysische nicht in Betracht kommen zu lassen, dennoch in eine

Art Himmel aus Violett, Chromsilber, Magnet-
stahl und Gift emporführen.

Diese Bar erinnert an eine kahle Gruft unter
einer Kapelle. Das hängt vielleicht mit dem
sarkophagförmigen Bartisch zusammen, der
ein massives, dunkelbraunes Halbrund bil-
det, mit einer Platte aus einem neuerfunde-
nen schimmernden Metall. Es ist ein Metall,
das sich dem Glas nähert und gleichzeitig
dem Marmor – und ich zweifle sehr, ob es mir
möglich sein wird, es deutlich zu beschreiben.
Zwar hat man die Empfindung, dass es eher
elastisch sein könnte als porös. Aber seine
Oberfläche ist schlüpfrig, eisig etwa, und man
könnte sich vorstellen, dass es, bis zu einer
Durchsichtigkeit gewalzt, eine Fensterscheibe
zu ersetzen imstande wäre. Es glänzt stählern
und schimmert glasig und ist dennoch lautlos.
Und das Wunderbarste: ein Glas, auf dieses
Metall heftig gestellt, gibt gar keinen Klang,
es ist, als stelle man Gummi auf Gummi! Und
diese Lautlosigkeit vervollständigt den Gruft-
charakter der Bar – und weil ein unhörbarer,
polierter, gutgeölter Betrieb ohne viele und
ohne laute Worte auskommt, Gläser nicht klir-
ren können, Türen automatisch schließen, die

neuen Wasserhähne nicht rinnen, die Barge-tränke, als wären sie flüssiges Linoleum, ohne einen gurgelnden Laut aus den Flaschen in die Gläser schlüpfen: ist der Eindruck des Toten, Erstarrten, Schattenlosen in dieser modernen Bar vollkommen.

Selbstverständlich kommen die Gäste um Mitternacht. Sie kommen so unhörbar, dass sie auftauchen, erscheinen, herbeigezaubert werden. Es sind lauter moderne Gäste. Sie haben strenge und markante Gesichter, theoretisch könnte jeder von ihnen, obwohl er nur sein Automobil hierhergesteuert hat, soeben den Ozean überquert haben, mittels eines Aeroplans; Rekordbrecher, einer wie der andere, Köpfe wie Lederhauben, Augen wie Autobrillen, Stopp-uhren in der Brust, Tempo im Leib. Sie setzen sich, sagen gar nichts – und schon stehen Becher auf ihren Tischen, Mentholflüssigkeiten für die Zahnpflege, hygienischer Alkohol, angelsächsische Rauschmittel für Ozeanflieger. Sie reden gar nichts. Höchstens sagt einer zum anderen: »Haben Sie schon – –?« Und der andere ergänzt: »gelesen«. Es ist Mitternacht, alle Zeitungen von morgen sind schon erschienen, morgen kann höchstens übermorgen sein.

 *64*

Merkwürdig ist nur, dass plötzlich ein Klavier ertönt. Ein Mann aus einem vergangenen Jahrhundert, er erinnert an einen Walzer, keine Spur von Lederhaube oder Aeroplan, nur Leierkasten und Harfe, verkörperte Drehbewegung, ein erstarrter Schnörkel, viele schwarze Haare, Falten im Gesicht; dieser Mann beginnt zu singen.

Dass er aus Wien stammt, dass ein nationaler Anschlusswille ihn hierhergetrieben hat: Wer kann es bezweifeln? Schon singt er das »Fiakerlied«. Schon den »Schönbrunner Park«. Schon »Wien, nur du allein«. Und schon erglüht auf dem Klavier ein bengalischer Weihnachtsbaum, hergeholt aus einem Wald von Pappe, ausgesägt aus einer Theaterdekoration (die man jetzt nicht mehr braucht), ein Baum aus Karton, mit Nadeln aus Filz, mit Sternen aus Glühlampen. Auf der Baumspitze steckt eine Tafel: Hier können Junggesellen Weihnachten feiern.

Schon feiern sie: wehmütig geworden, der Baum rührt an ihr Innerstes, dort, wo die Stoppuhr eingebaut ist, vergessen den Ozeanflug, Marzipan herrscht vor, man war einmal ein Kind, bevor man ein Gespenst geworden, die Zeit war

einmal eine Zeit, nicht immer ein Tempo. Wenn
Gespenster Tränen hätten, würden sie weinen.
So aber schweigen sie. Leise nur sagt einer zum
anderen: »Haben Sie schon – –?«
Und der andere antwortet: »morgen gelesen!«

Tipps für das Weihnachtsmenü

Sie haben für das große Weihnachtsmenü schon disponiert? Verwenden Sie eigentlich die eigenen Tische und Stühle? Das ist – pardon! – ein wenig armselig, denn der stilsichere Festesfreund lässt sich neuerdings Tische und Stühle liefern, die in »Satin verpackt« und »mit Schleifen versehen« sind. Der Prospekt, aus dem ich zitiere, liegt vor mir.

Sie beginnen das Festmahl zur allgemeinen Überraschung mit einer Gänseleberterrine oder -pastete? Dann genießen Sie diese, haben Sie in keinem Fall ein schlechtes Gewissen. Wir können davon ausgehen, dass der Schweineanteil an Ihrer Gansvorspeise groß genug ist, um Sie dem Gänseschützer gegenüber zu entlasten. Preislich können Sie die Sache natürlich abschwächen – über »Ente« bis hinunter am »Geflügel« im Allgemeinen. Eine Geflügelleberterrine isst man sicherlich mit einer gewissen Spannung, denn da weiß der Produzent wohl auch nicht mehr genau, was drin ist. (Ein heißer Tipp für den Snob: Servieren Sie einen Geflügelleberaufstrich aus schierer Gänseleber und bestreiten Sie das. Sie sind noch nicht so weit? Wird schon werden.)

Als zweiter Gang ist der Lachs – graved oder geräuchert – das Originellste. Das bietet außer Ihnen kaum jemand! Sie können die Freude an diesem raren Genuss steigern, indem Sie Ihrer Weihnachtsgesellschaft bekanntgeben, die Lachszüchter säßen alle schon im Gefängnis, würde man ihren Futtermethoden annähernd so viel Aufmerksamkeit schenken wie jenen der Kalbszüchter. Sollte Ihnen schon gedämmert haben, der Lachs sei der Goldbarsch der neunziger Jahre, kaufen Sie den Ihren auf Servierbrett aus edelstem Holz, in Fischform, Kopf und Schwanz aus Silber. Wenn Ihre Barschaft aber nur zum Lachsersatz reicht, kränken Sie sich nicht, der Lachs selbst ist im Grunde schon ein solcher.

Sind Sie an Fischsuppe interessiert? Es gibt so gut wie alles, entschalt und ausgelöst, den Fischfond nehmen Sie in jedem Fall aus der Dose, wer wird sich denn wegen dieses Weihnachtsfestes nicht nur die Finger, sondern auch die ganze Wohnung verstinken?

Den Hauptgang selbst zu kochen riskiert der aufgeklärte Gourmet nicht, und schon gar nicht dessen weibliches Pendant. Mein Tipp sind »entbeinte Wachteln«, sie werden Ihnen laut Katalog einzeln, in Kartons, mit Trockeneis tiefgefroren, vom Schlemmerversand per Eilpost ins Haus geschickt. Akzeptieren Sie die angebotene Farce als Fülle – Sie werden es nicht glauben: Geflügelleber mit Champignons! –, ist der Schmaus in 45 Minuten fertig. Haben Sie Ambitionen als kreativer Koch, können Sie die Wachteln auch selbst füllen, etwa mit weißer und brauner Schokoladenmousse. Das machen Sie natürlich nur, wenn Sie als Dessert alle Früchte vorgesehen haben, die es um diese Jahreszeit nicht einmal auf der anderen Seite des Erdballs, sondern ausschließlich in Treibhäusern gibt.

Der krönende Abschluss des gelungenen Festmahls wird sein, wenn Sie zum hochveredelten Kaffee über die liebe, aber sonderliche Großtante in Gelächter ausbrechen, die Ihnen wirklich und wahrhaftig, wie schon seit vielen Jahren, selbstgebackene Kekse angeboten hat. Diese alten Frauen lernen einfach nicht mehr, wie man feiert.

Das attraktive Seifenschälchen

War das mal wieder ein Stress dieses Jahr vor dem Fest! Essen vorbereitet für drei Tage, die Wohnung geputzt und dekoriert, Weihnachtskarten geschrieben und viele, viele Geschenke gekauft. Morgen ist Heiligabend und ich bin heilfroh, dass jetzt wirklich alles fertig ist. Jetzt können wir uns in Ruhe auf die Feiertage freuen. Was jetzt nicht besorgt ist, das fehlt dann eben. Da fällt mir ein, dass ich meiner Nachbarin, Frau Neuhaus, versprochen hatte, nochmal kurz auf eine Tasse Kaffee bei ihr vorbeizukommen. Kann man einen Tag vor Weihnachten jemanden besuchen, ohne ein Geschenk dabei zu haben? Eigentlich nicht. Weihnachten ist doch das Fest des Gebens. Aber was tun? Die Geschäfte sind geschlossen. Da habe ich die rettende Idee und mir fällt ein, dass ich zu einem ähnlichen Anlass im letzten Jahr von der Mutter eines Freundes meines Sohnes ein attraktives Seifenschälchen bekommen habe. Es sah ein bisschen aus wie ein Werbegeschenk, das man bei diesen Kaffeefahrten bekommt. Ich habe es nicht benutzt, genauer gesagt hatte ich es ausgepackt und irgendwo in der Schublade verstaut, in der die Dinge aufbewahrt werden, für die es keinen richtigen Platz gibt. Ja, denke ich, Seifenschälchen gehen immer. Ich krame das etwas verstaubte Teil aus der Schublade hervor, packe es noch nett ein und mache mich auf den Weg zu meiner Nachbarin. Sie hatte noch ein paar andere Frauen eingeladen. Er war wirklich nett, unser kleiner vorweihnachtlicher Plausch bei Kaffee, Kuchen und Kerzenlicht. Bis auf die Kleinigkeit und Peinlichkeit, als die Nachbarin die mitgebrachten Geschenke auspackte. Frau Jäger, besagte Mutter des Freundes meines Sohnes, war nämlich auch da und ich wollte am liebsten im Boden versinken, wenn ich mir vorstellte, was passieren würde, wenn sie ihr Seifenschälchen wieder erkannte. »Ach, wie entzückend, ein Kerzenständer!« Frau Neuhaus war begeistert. Der Kerzenständer war eine Gabe von Frau Martin von gegenüber. Frau Neuhaus strahlte Frau Martin an und bedankte sich. Die aber strahlte nicht zurück, sondern sah hochroten Kopfes die neben sich sitzende Frau Jäger an, die ziemlich zynisch zischte: »Der kommt mir aber bekannt vor.« Vermutlich hatte Frau Jäger also im letzten Jahr den Kerzenständer Frau Martin geschenkt, die ihn in diesem Jahr an Frau Neuhaus weitergereicht hatte. Kein Grund zur Aufregung, dachte ich noch, als Frau Neuhaus mein Päckchen mit dem attraktiven Seifenschälchen auspackte. »Wunderschön«, rief sie und ich warf einen demütigen Blick auf Frau Jäger. Doch die schien sich, manchmal hat man eben Glück, nicht an das Seifenschälchen zu erinnern. Inzwischen packte meine Nachbarin das nächste Geschenk aus mit den Worten: »Ich bitte Sie, das wär doch nicht nötig gewesen, Sie sollten mir doch nichts mitbringen.« Nein, das hätten wir wohl nicht tun sollen, denn in dem Paket von Frau Becker steckte ein mit weihnachtlichen Motiven geschmückter Kaffeebecher, dessen Anblick Frau Neuhaus mit großer Wiedersehensfreude erfüllte. Ich habe später alle Beteiligten getrennt voneinander befragt, konnte aber den Gang von Kerzenständer, Seifenschälchen und Kaffeebecher nicht ganz bis zum Jahr des käuflichen Erwerbens zurückverfolgen. Unbestätigten Gerüchten zufolge sollen alle Damen vor Jahren einmal an einer Kaffeefahrt teilgenommen haben.

PETER FRANKENFELD

Unvergessliche Feste

Den kürzesten, aber eindrucksvollsten Heiligen Abend hatten wir nach dem Krieg zu Haus in Berlin-Köpenick. Christbaumschmuck hatten wir keinen mehr, und Geld, um neuen zu kaufen, brauchten wir schon deshalb nicht, weil es keinen gab. Da brachte Vater aus der Fabrik schneeweiße Putzwolle mit, und wir saßen zu dritt und zupften kleine Schneeflocken, die wir auf die grünen Zweige warfen, und lange dünne Würste, die wir behutsam auf die Tanne legten, bis sie ganz und gar verschneit aussah. Wir versammelten uns mit kargen Geschenken davor, Vater zündete mit einem langen Fidibus die erste Kerze an, kam aber dabei mit der Flamme an die Putzwolle. Noch nie zuvor war es so hell in unserer Stube. Es gab einen einzigen grellen Fotoblitz, mit dem man ganz Köpenick hätte fotografieren können. Silvester war Vater wieder zu Hause, und zu Ostern hatte er schon wieder den ganzen Kopf voller Haare.

Ebenso unvergesslich bleibt ein Heiliger Abend, den Lonny und ich in Marokko erlebten. Nachdem wir Spanien in zehntausend Meter Höhe überflogen hatten, kam Afrika, wie wir es vom Schulatlas gewohnt sind, ins Blickfeld – sogar in der gleichen Farbe: sandgelb.

Am Flughafen in Marrakesch nahm ein Mini-Taxi, das für eineinhalb Menschen mit extrem kurzen Oberschenkeln gedacht war, uns und unsere vier Koffer mit. Meine Frau hat die Gewohnheit, zur Reise alles in die Koffer zu packen, so dass wir unser Haus eigentlich gar nicht abzuschließen brauchten. Der Fahrer, barfuß im langen Kaftan, fuhr an, schaltete sein Radio auf Stadionlautstärke und raste um die erste Kurve. Lonny schrie auf: »Das ist die Hölle!« (Ein peinlicher Gedanke, so kurz vor den Feiertagen.)

Immerhin – wir erreichten das Hotel. Der Fahrer hatte kein Wechselgeld, wir noch keine gültige Währung. Als ich bezahlt hatte, blieb mir das Gefühl, die Taxe gekauft zu haben. Man zahlt in Dirham, man handelt en français. Einen für zweiundvierzig Dirham (etwa dreißig Mark) angebotenen unechten Silberdolch be-

kommt man für zehn Dirham, wenn man Zeit und Geschick genug mitbringt, ein Stündchen zu feilschen.

In den folgenden Tagen erfuhren wir, dass man von rechts nach links schreibt; eine für uns unbedeutende Erkenntnis, da wir ohnehin die arabische Schrift weder schreiben noch lesen können.

Am 24. Dezember wachten wir auf, weil der Regen gegen die Fensterscheiben schlug. Meine Frau meinte düster: »Zu Hause hätten wir jetzt Schnee.« Wir entschlossen uns, wenigstens einen Baum zu besorgen, durchsuchten Marrakesch und waren völlig durchnässt, als wir ein paar angegraute Thujazweige und ein paar dünne himmelblaue und rosa Kerzchen ergattert hatten. Diesmal wählten wir eine Pferdedroschke, denn Lonny weigerte sich beharrlich, eine Taxe zu besteigen. Man muss – das ist altes Touristengesetz – den Preis vor der Abfahrt vereinbaren. Der Kutscher verlangte dreißig Dirham pro Stunde, ein sehr preiswerter Vorschlag, denn bis zum Hotel waren's nur zehn Minuten Fahrt, also etwa vier Mark mit Trinkgeld.

Der marokkanische Kutscher zeigte uns un-

terwegs die Kasbah, das Tor Agnaou, die Residenz Dar-el-Maghzen und die Moschee Ben Youssef. Der Gaul döste durch den Regen und blieb endlich nach drei Stunden vor unserem Hotel stehen.

Im Hotel gab's eine Weihnachtsüberraschung: man hatte uns aus unserem Zimmer in eine kleine Kammer umquartiert, weil irgendein Sultan angereist war. Wir dekorierten die Thujazweige, pappten Kerzen auf Plastikbecher und tranken übersüßen Pfefferminztee als erste Hilfe gegen Anzeichen grippaler Infekte, aber um siebzehn Uhr hielten wir es nicht mehr länger aus. Wir rissen uns die Kleider vom Leibe, suchten und fanden! Lonny hatte einen, ich zwei Flöhe aus der Droschke mitgebracht!

MARGARETHE RAABE

Wie Wilhelm Raabe
Weihnachten feierte

Vierzehn Tage vor Weihnachten fertigte mein Vater einen in Streifen geteilten Zettel an, der an der Wand in der Wohnstube befestigt wurde. Von ihm wurde dann an jedem Morgen ein Streifen – 1 Tag – abgeschnitten, eine wichtige Funktion, begleitet vom Chor der Kinder: 14 … 10mal usw. werden wir noch wach, heißa, dann ist Weihnachtstag!

Je kürzer der Zettel wurde, je mehr nahm die Spannung und der Vorbetrieb zu bei jung und alt – jeder hatte seine Geheimnisse, seine stillen Hoffnungen, die die Kinder einem Wunschzettel hatten anvertrauen dürfen. Auch jedes Kind hatte seine Geheimnisse, womit es am Heiligen Abend Überraschung und Freude und Anerkennung zu ernten hoffte.

Meine Mutter war in dieser Zeit vor dem Tage Adam und Eva den ganzen Tag in Bewegung, nachdem sie Wochen vorher schon manche Nachtstunde geopfert hatte. Sie war eine wahre Künstlerin im Aufbauen von Küche und Kaufmannsladen, sie jedes Jahr wieder neu herzurichten, neu zu tapezieren, mit neuen Dingen zu füllen, die Puppenstube mit Finessen zu versehen und nicht nur die Puppen neu zu bekleiden.

Und auch mein Vater hat geklebt und gekleistert und schöne Dinge gebaut – schon in Stuttgart, als ich noch allein war, mit Kulissen und rollendem Vorhang ein Theater mit Figuren zu dem Drama: »Prinz Guiodo oder das Suchen nach Zufriedenheit«.

Diese Vorstellungen und das Vorführen der Laterna magica, die auch schon in Stuttgart angeschafft war, waren etwas Herrliches. Sie wurden natürlich öfters wiederholt, denn mit den in Braunschweig wohnenden Verwandten und mit Freunden und Nachbarn fand in der Festzeit ein besonders lebhafter Verkehr statt. Endlich erschien der Morgen, an dem nur noch ein Streifen des besagten Zettels an der Wand flatterte und gesungen wurde: Keinmal werden wir noch wach – heute ist ja Weihnachtstag!

ANDREAS MALESSA

Chorprobe der himmlischen Heerscharen

»Ruhe bitte! Ruhe!« Erzengel Gabriel, Dirigent und Arrangeur der himmlischen Engelschöre, musste mit dem Taktstock mehrmals aufs Notenpult klopfen. Die Heerscharen in Weiß und Gold raschelten mit den Flügeln, kicherten nervös und waren ungewöhnlich aufgeregt.
Verständlicherweise: In wenigen Minuten würde etwas passieren, was seit Jahrtausenden sehnsüchtig erwartet wurde. Das unbegreifliche Wunder: Gott selbst kommt als Mensch in die Welt. Der »Messias« Jesus, der Erlöser vom Bösen. Der Versöhner und Heilbringer, der wird heute Nacht als normales menschliches Baby von einer jungen Frau geboren werden!
Gleich wird die hauchdünne Trennwand zwischen Raum-und-Zeit der Menschenwelt und Unendlichkeit-und-Ewigkeit des Himmels für einen Moment aufreißen – und sie, die Engel, werden für normale Menschenaugen und

cluster_preview/a9c8c63e-6dbf-492b-a5c2-8e583c11f31c

cluster_preview/ee2ab5ba-3cb6-4dbd-804e-bd05dd7dbac8 79 cluster_preview/68abed21- a1c2

Menschenohren zu sehen und zu hören sein! So etwas verursacht selbst im »höheren Chor« Lampenfieber, und so schnattern Sänger und Instrumentalisten lebhaft durcheinander.

»Ruhe, Menschenskinder nochmal!«, rief Gabriel entnervt. Aber da lachten alle noch lauter – denn das waren sie ja nicht. Das sollte Gott erst werden: ein Menschenskind.

»Also, ich habe aus den vielen prophetischen Ankündigungen des Retters Jesus, aus Psalmen und aus Jesaja-Texten folgenden Zweizeiler formuliert«, sagte der Dirigent und errötete etwas (wie fast alle, die ein eigenes Gedicht vorlesen sollen):

»Ehre sei Gott in der Höhe – und Friede auf Erden den Menschen seines Wohlgefallens.«

Es folgte eine bewundernde Stille.

»Das wird ein Hit!«, dachte ein kirchengeschichtlich weitsichtiger Engel in der dritten Reihe begeistert. »Die ersten Nachfolger Jesu und viele Passanten auf der Straße werden es jubelnd rufen, wenn Jesus auf einem Esel nach Jerusalem einzieht.«

Gabriel räusperte sich vernehmlich. »Hmhm. Diesen Chartbreaker, äh, ich meine Lobgesang, müsst ihr allerdings ohne Dirigent aufführen, weil ich erst mal alleine den Hirten auf dem Feld erscheine, mit einem Soloprogramm. Und dann kommt ihr nach.«

»Klar«, schmunzelte ein Bass hinten zu sich selbst, »wenn wir mit der geballten himmlischen Herrlichkeitspower über den Hirten auftauchen, dann ist ihr Schrecken größer als ihre Freude!« Und laut sagte er: »Gabriel! Selbst wenn du alleine zu ihnen gehst, sag ihnen erstmal: »Fürchtet euch nicht! Siehe, ich verkündige euch große Freude!« Sonst geraten die bloß in Panik und Hektik, so wie 2000 Jahre später die Konsumsklaven in der Vorweihnachtszeit. Betone die Freude, hörst du?!«

»Moment mal«, rief eine Harfenspielerin aus dem Orchester dazwischen. »Ich hör immer Hirten. Das soll unser Publikum sein? Humtata-Mitklatscher vom Musikantenstadl? Warum schmettern wir diesen herrlichen Gesang von der majestätischen Ehre Gottes und von seiner gnädigen Versöhnung nicht in den Jerusalemer Königspalast? Oder gestalten eine erhabene Mitternachtsmesse im Tempel?«

»Genau!«, kreischte eine Sopranstimme ganz unengelhaft zur Bestätigung. »Ich soll die kostbare Botschaft vom Frieden Gottes tatsächlich in, in … in die lärmende Wuseligkeit überfüllter Basarstraßen und rauchiger Gasthäuser hineinsingen? In den Kommerzrummel der Märkte? Und in den Gestank von Schaf- und Ziegenherden?! Also, nein!« Und dabei rümpfte sie ihre eigentlich sehr hübsche Nase.

»Hirten!«, empörte sich die Harfenspielerin weiter, »die ziehen doch Tieren und Menschen das Fell über die Ohren. Die haben zurzeit ein so niedriges Sozialprestige, dass sie vor Gericht gar nicht als Zeugen zugelassen sind. Ausgerechnet die Unglaubwürdigsten einer Gesellschaft sollen dann unsere gute Nachricht weitersagen? Na toll!«

»Und außerdem«, ergänzte die vornehme Sopranistin, »werden sie intellektuell gar nicht mit dem Wunder der Menschwerdung Gottes fertig!«

Chorleiter Gabriels sprichwörtliche Engelsgeduld wurde so kurz vor dem Fest wahrhaft kräftig strapaziert. »Ehre sei Gott in der Höhe«, sagte er mit fester Stimme – und sofort ebbte der Geräuschpegel ab – »das bedeutet doch keinen Glamour im irdischen Sinne. Gottes Majestät dürft ihr auch bitteschön nicht mit menschlichem Imponiergehabe, mit Angeberei und Gegockel verwechseln. Der Ruhm des Höchsten, der hat nichts mit Publizität und Popularität zu tun. Mit ‚Ehre, Herrlichkeit, Majestät' und so weiter ist *Gottes Wesen* gemeint. Und da Gott wesensmäßig *Liebe* ist, da seine *Gnade* so weit reicht wie unser unendlicher Himmel hier – deshalb will er ja gerade zu den kleinen Unbekannten, den schlicht Gestrickten und zu denen, die ihr Geld im Freien verdienen. Gott demonstriert heute Nacht doch die Aufwertung der Verachteten! Wir singen heute von Gottes Wertschätzung für die Armen! Versteht ihr? Kleinkarierte Verhältnisse – große Freude! Gottes Macht ...«, und bei diesem gewaltigen Begriff wurde es noch einmal mucksmäuschenstill im Chor, »Gottes Macht zwingt ja niemanden zu Boden, sondern richtet ihn auf, macht hängende Köpfe zuversichtlich und gebeugte Rücken gerade. Überlegt doch mal: Gott kommt heute als Baby auf die Welt. Ein Neugeborenes, das ist klein, zerbrechlich, wehrlos, ohnmächtig. Es ist den Erwachsenen völlig ausgeliefert. Aber gerade das ist die Macht des Kindes: Es appelliert an unsere Menschlichkeit, eben weil es so ohnmächtig ist. Es mobilisiert unser Mitgefühl und unsere aktive Fürsorge, eben weil es so ausgeliefert ist. Wer ein Herz im Leibe hat, empfindet Liebe für ein Baby. Das wird auch, pardon, klobigen Klötzen wie den Hirten so gehen. Außerdem hat Gott nicht nur unendliche Liebe und Gnade für uns; er hat auch Humor: Ausgerechnet die wenig angesehenen Hirten sollen seine Botschaft weitertragen, jawoll!«

»Das wird ein Prinzip werden …«, schmunzelte der kirchengeschichtlich weitblickende Engel in der dritten Reihe wieder. »Die Nachricht von der Auferstehung zum Beispiel wird Gott ausgerechnet von zwei Frauen weitertragen lassen, die ja in ihrer Zeit vor Gericht auch nicht als Zeugen zugelassen sind. Noch nicht. Hmhm. Und die Ausbreitung der frühen Christengemeinden wird unter Sklaven in Antiochien und Hafenarbeitern in Korinth am stärksten sein. Und ein körperlich kranker Missionar wird aus dem Knast einen Brief an die Gemeinden in Philippi schreiben – und im zweiten Kapitel ein wunderschönes Lied von diesem ›Abstieg Gottes aus Liebe‹, von diesem ›gnädigen Herunterkommen‹ dichten.«

Gabriel räusperte sich wieder. »Und was das intellektuelle Niveau unserer Zuhörer angeht,

verehrte Sopranistin: Die Menschen werden mit dem Geheimnis der Menschwerdung Gottes *nie* fertig werden. Auch die Schlauesten nicht. Aber wenn sie im Glauben anfangen, wenn sie sich die Socken machen und Jesus suchen, dann werden sie ihn tatsächlich finden. Bei einer himmlisch schönen Musik. Bei einem Gespräch auf der Arbeit. Nachts über einem Buch. In der Bibel. Bei einem Gespräch mit Freunden, bei einem Gottesdienst. Die Menschen können ab jetzt Jesus überall begegnen – im unscheinbaren Stall, in den miefigen vier Wänden. Das Äußere ist nicht wichtig. Die Symbole der Majestät und Herrlichkeit Gottes sind nicht Krone und Zepter, sondern Windeln und Krippe. Dort könnt ihr ihn finden, werde ich gleich den Hirten sagen. Die Erhabenheit unseres himmlischen Lichts, der Glanz, die Schönheit und die Harmonie unseres Engelgesangs, das alles erlischt ja schnell. Bald bedeckt die Männer der ganz normale Nachthimmel, die Kälte des Winters und die soziale Kälte ihrer Zeit. Deshalb schicke ich sie zu Jesus. Zum Licht. Zur Wärme. Zur begreifbaren und anschaulichen Liebe Gottes. Und ...« »Und doch«, unterbrach ihn der kirchengeschichtlich weitsichtige Engel in der dritten Reihe, »und doch werden die Menschen jahrtausendelang immer um diese Jahreszeit alles zusammentragen, was sie an unseren Auftritt erinnert: Kerzen und Sterne, Baumschmuck und Lichterketten, Engelattrappen und Rauschgoldlametta. Je heller sie ihre Schaufenster und Straßen erleuchten, umso finsterer schauen dabei manche aus den Augen. Dabei könnten sie 365 Tage im Jahr an der Krippe stehen und ihre geistigen und geistlichen, ihre emotionalen und sozialen Dunkelheiten ans Licht bringen. Ganz ohne Angst vor Bloßstellung. Vorwürfe, Verletztheiten, Lügen, Gleichgültigkeit, Untreue, Hass, Traumata – *alles* würde Gottes vergebende, gnädige Liebe ihnen abnehmen. Wenn sie Vertrauen hätten, dass Jesus tatsächlich *ihretwegen* auf die Welt gekommen ist.«

»Danke«, sagte Gabriel und schaute in die strahlend helle Runde der himmlischen Heerscharen hinein. »Ich hoffe, der Gesangstext ist klar, die Umstände unseres Konzertes auch?« Sein Taktstock zitterte dabei ein wenig vor Erregung.

»Na ja ...« Zögernd meldete sich ein Tenor.

»Und was ist mit der zweiten Zeile: Friede auf Erden den Menschen seines Wohlgefallens? Heißt das, nur die Menschen, an denen Gott Gefallen hat, weil sie Jesus annehmen, nur die werden Frieden bekommen in ihrem Leben? Ich meine, wenn das so ist, dann sollten wir wirklich lieber gleich im Tempel auftreten. Oder nur den strengen, frommen Mönchen im Wüstenkloster Qumran erscheinen!«

»Oh nein, danke für den Hinweis«, seufzte Erzengel Gabriel und raufte sich das volle Engelhaar, »dieser Friede Gottes ist für alle Menschen gedacht und gewollt. Wir können auch singen: Friede allen Menschen, denen Gottes Wohlwollen gilt. Leider werden sich aber nicht alle davon beschenken lassen. Und lieber weiterwurschteln in Gleichgültigkeit gegen Gott, Streit und Hass und Gewalt gegeneinander und im Widerstreit mit sich selbst. Bis zum Zerbruch von Familien, bis zu Gewalt in der Sexualität, bis zu Kapitalverbrechen und Bürgerkrieg kann das führen, dass Menschen dieses Geschenk des Friedens rigoros ablehnen.«

»Obwohl sie sich sonst alljährlich um diese Zeit jeden nur erdenklichen Scheiß schenken lassen!«, brummte der kirchengeschichtlich prophetische Chorist in der dritten Reihe – was ihm den strengen Blick von Gabriel einbrachte.

»Nur weil das leider so ist«, fuhr der fort, »ereignet sich der Friede Gottes oft nur im kleinen Kreis der Frommen. Ursprünglich gedacht ist er aber für alle – und heute Nacht, ab jetzt und für immer, bekommt jeder Mensch die Gelegenheit, diesen Frieden Gottes und sein Wohlgefallen anzunehmen. Was positiverweise dazu führen wird, dass sehr unterschiedliche Glaubende gemeinsam vor Jesus stehen werden …«

»Heyhey!«, gluckste der Vorausschauer dazwischen, »ich stelle mir gerade die drei reichen, superschlauen Astrophysiker aus Babylonien vor, edel gekleidet wie Könige, wie sie direkt neben den lumpigen, verschwitzten Hirten an der Krippe knien!«

»Jaja, ist ja gut!«, Gabriel wurde etwas ungehalten, »also, sehr unterschiedlich geprägte Menschen werden gemeinsam im Frieden miteinander leben können, weil …« Der Ärmste wurde schon wieder unterbrochen. »Und wieso dann ‚Ehre sei Gott in der Höhe – und Friede auf Erden den Menschen seines Wohlgefallens'? Was soll der Konjunktiv? Frommer Wunsch oder was?« Die Harfenspielerin war erstaunlich keck für einen Engel.

»Unsinn!« Gabriels Stimme wurde scharf. »Ich meine damit: So soll es sein! Und zwar genau in dieser Reihenfolge. Als logische Konsequenz: Wer Gott Ehre machen will, wer Gott danken und loben will, tut das am besten damit, dass er den Menschen Frieden vorlebt, dass er Frieden stiftet. Erst die Anerkennung Gottes, *dann* die Versöhnung und Vergebung, der Friedensschluss untereinander, und *dann* das Wohl aller Menschen. Ich hoffe, jetzt ist alles klar, und wir können …«

Aber da wurde die Chorprobe, zu der es ja noch gar nicht gekommen war, jäh unterbrochen.

Der Himmel riss auf. Dem ganzen Ensemble wurde der Boden unter den Füßen weggezogen. Die pechschwarze Kälte einer palästinensischen Winternacht schlug den Sängerinnen und Sängern entgegen.

Gabriel stand tief unten zwischen dem zusammengeflochtenen Dornengestrüpp und den notdürftig gezimmerten Weidezäunen und rief dauernd: »Fürchtet euch nicht. Fürchtet euch nicht. Ich verkündige euch große Freude. *Freude* – kapiert?!«

Aber unter den irdischen Verhältnissen klang sein wundervoller Bariton wie ein rollender Donner von einem Horizont zum anderen. Die Harfenspielerin freute sich unbändig, eben nicht in einer weihevollen Krönungsmesse im Tempel zu spielen, sondern vor verdutzten Hirten auf einem nächtlichen Open-Air-Festival umsonst und draußen.

Der Tenor memorierte noch schnell die Reihenfolge: »Ehre Gottes – Friede auf Erden – allen Menschen gilt Gottes Wohlgefallen«; die kiebige Sopranistin jubilierte im Sturzflug so himmlische Tonkaskaden, dass alle Nachtigallen des Nahen Ostens schlagartig verstummten, und der kirchengeschichtlich weitsichtige Chorist aus der dritten Reihe, der kritzelte den wunderbar kurzen Liedtext auf einen Zettel: »Ehre sei Gott in der Höhe! Friede auf Erden! Euch ist heute der Heiland geboren: Christus, der Herr. In Windeln, in einer Krippe im Stall.« Er lächelte. »Falls mal irgendein Arzt oder Evangelist das Ganze aufschreiben will«, dachte er beim Landeanflug, »sicher ist sicher«.

Und dann – dann wurde alles so aufgeführt,

wie wir es seit mehr als 2000 Jahren in der Weihnachtsgeschichte des Lukas lesen. Millionen Menschen sind seither Jesus begegnet. In dem Moment, in dem sie Gottes Geschenk bewusst und willentlich annahmen: Liebe. Begnadigung. Versöhnung.

Gelb und rosa

Das Fenster, durch das geschossen worden war, schaute auf ein kleines Feld, das Eigentum der Kirche war, und der Wachtmeister und Don Camillo standen hinter der kleinen Kapelle und prüften die Sache.

»Das ist der Beweis«, sagte der Wachtmeister und zeigte auf vier Löcher, die man deutlich auf dem hellen Anstrich der Wand sehen konnte, einige Zoll unter dem Steinrahmen des Fensters.

Er nahm ein Messer aus der Tasche, kratzte in einem Loch, und zum Schluss kam etwas heraus.

»Meiner Meinung nach ist die Sache einfach«, erklärte der Wachtmeister. »Dieser Kerl stand weit von hier entfernt und feuerte eine Garbe aus der Maschinenpistole auf das beleuchtete Fenster. Vier Kugeln sind in der Mauer stecken geblieben, eine hat das Fenster getroffen und ist hinein geflogen.«

Don Camillo schüttelte den Kopf.

»Ich habe Ihnen gesagt, dass ein Schuss von hier abgefeuert wurde. Ich bin ja noch nicht so kindisch geworden, um nicht einen Revolverschuss von einer Garbe aus der Maschinenpistole unterscheiden zu können! Zuerst ist der Revolverschuss gefallen, von hier, dann kam die Garbe aus der Maschinenpistole von der Ferne.«

»Man müsste dann die Hülse hier in der Nähe finden!«, erwiderte der Wachtmeister. »Und ich finde sie nicht.«

Don Camillo zuckte mit den Achseln.

»Mein Gott, man müsste ja ein Musikkritiker von der Scala sein, um nach dem Ton unterscheiden zu können, ob ein Schuss aus einer automatischen Pistole oder aus einer Trommelpistole kommt! Falls der hier aus der Trommelpistole geschossen hat, hat er die Hülse mitgenommen.«

Der Wachtmeister schnüffelte herum, und zum Schluss fand er etwas unter dem Stamm eines der Kirschbäume, die fünf oder sechs Meter von der Kirche entfernt waren.

»Eine Kugel hat die Rinde gestreift«, sagte er. Und die Sache war offensichtlich.

Er kratzte sich verlegen hinter dem Ohr.

»Ach was«, murmelte er schließlich, »spielen wir die wissenschaftliche Polizei.«

Er nahm eine Stange, stieß sie in den Boden, knapp an der Wand, vor einem Loch im Anstrich; dann begann er auf dem Feld hin und her zu gehen, zielte immer wieder auf den Stamm des getroffenen Kirschbaumes und wechselte immer wieder den Platz, bis der Stamm die an der Wand aufgestellte Stange deckte. Unversehens befand er sich vor dem Zaun, und jenseits des Zaunes waren ein Graben und ein Fahrweg.

Don Camillo folgte dem Wachtmeister, und jeder begann auf einer Seite des Zaunes die Erde abzusuchen. Nach fünf Minuten sagte Don Camillo: »Da habe ich sie«, und zeigte eine Hülse aus der Maschinenpistole. Dann fanden sie noch drei.

»Das ist der Beweis dafür, was ich Ihnen sagte«, sprach der Wachtmeister. »Der Kerl hat von hier aus auf das Fenster geschossen.« Don Camillo aber schüttelte den Kopf.

»Ich verstehe nicht viel von Maschinenpistolen«, sagte Don Camillo. »Ich weiß aber, dass die Kugeln keine Kurven machen. Schauen Sie selbst!«

Inzwischen kam ein Gendarm und berichtete dem Wachtmeister, dass im Dorfe alles ruhig sei.

»Danke schön!«, bemerkte Don Camillo. »Hat man vielleicht auf Sie geschossen? Auf mich hat man geschossen!«

Der Wachtmeister ließ sich vom Gendarmen das Gewehr geben, legte sich auf den Boden und zielte in die untere Ecke des Fensters, wo ungefähr das Kugelloch war.

»Wenn Sie jetzt schießen, wo wird die Kugel treffen?«, fragte Don Camillo.

Jedes Kind hätte es ausrechnen können. Von dort abgefeuert und gezwungen, durch das kleine Fenster in die Kirche zu dringen, wäre ein Geschoss höchstens bis zum ersten Beichtstuhl rechts, drei Meter vom Kirchen-eingang, gekommen.

»Wenn es keine ferngelenkte Kugel war, konn-te sie auch mit größter Mühe den Altar nicht erreichen«, schloss der Wachtmeister.

»Das bedeutet, Don Camillo, dass man mit Ihnen aus einer Verlegenheit in die andere kommt! Es ist haarsträubend! Genügt es Ih-nen vielleicht nicht, dass ein einziger auf Sie schießt? Nein, mein Herr; er braucht zwei!

Einen, der vom Fenster auf ihn schießt, und einen, der von einem hundertfünfzig Meter entfernten Zaun schießt.«

»Ja, so sind wir«, sagte Don Camillo. »Es kommt mir auf die Spesen nicht an.«

Am Abend versammelte Peppone im Parteiheim seinen ganzen Stab und alle Vertrauensleute.

Peppone war finster.

»Genossen«, sagte er. »Ein neues Ereignis hat die lokale Situation noch mehr kompliziert. Ein Unbekannter hat heute Nacht auf unseren so genannten Pfarrer geschossen, und die Reaktion nützt diesen Zwischenfall aus, um den Kopf zu erheben und Schmutz auf unsere Partei zu werfen. Niederträchtig wie immer, wagt die Reaktion nicht, klar zu sprechen, sondern murmelt in den Ecken und beschuldigt uns, dass wir für dieses Attentat verantwortlich seien!«

Lungo erhob die Hand, und Peppone gab ihm das Zeichen, dass er sprechen könne.

»Vor allem«, sagte Lungo, »könnte man der Frau Reaktion sagen, sie soll uns zuerst beweisen, dass es überhaupt ein Attentat gegen den Pfaffen gegeben hat. Denn bis jetzt behauptet er es allein. Und da es keine Zeugen gab, kann es leicht Hochwürden selbst gewesen sein, der einen Revolverschuss abfeuerte, um dann in seiner schmutzigen Zeitung infam gegen uns schreiben zu können! Zuerst die Beweise, bitte!«

»Gut«, stimmte die Versammlung zu. »Lungo hat recht.«

Peppone ergriff das Wort.

»Augenblick! Was Lungo sagt, ist richtig; wir dürfen aber die Möglichkeit nicht ausschließen, dass die Geschichte wahr ist. Wenn man Don Camillos Charakter kennt, bitte, in aller Anständigkeit, man kann nicht sagen, dass er mit zweideutigen Mitteln vorgeht …«

»Genosse Peppone«, unterbrach ihn Spocchia, der Zellenleiter von Molinetto. »Denke daran, ein Priester bleibt immer Priester! Du lässt dich von Gefühlen an der Nase herumführen! Hättest du mir gefolgt, wäre seine schmutzige Zeitung nie erschienen und die Partei hätte heute keinen Schaden durch seine infamen Behauptungen im Zusammenhang mit Pizzis Selbstmord! Kein Erbarmen für die Feinde des Volkes! Wer mit den Feinden Mitleid hat, verrät das Volk!«

Peppone schlug mit der Faust auf den Tisch. »Ich brauche deine Morallektionen nicht!«, brüllte er.

Spocchia ließ sich nicht beeindrucken.

»Ja, wenn du dich damals nicht dagegengestellt hättest, hätten wir alles erledigen können, als es noch Zeit war«, schrie er, »und jetzt wäre diese reaktionäre Bande nicht mehr da! Ich …«

Spocchia war ein junger Mann von ungefähr fünfundzwanzig Jahren, mager, mit langem, nach hinten gekämmtem Haar, das oben gelockt und an den Schläfen eingeölt und glatt war, hinten mit einer Art Schopf, wie bei den städtischen Schlurfs und den Raufbolden von Trastevere. Er hatte kleine Augen und schmale Lippen.

Peppone ging drohend auf ihn zu.

»Du bist ein Idiot«, sagte er und schaute ihm fest ins Gesicht.

Der andere erblasste und schwieg.

Peppone kehrte zum Tisch zurück und fuhr fort: »Die Reaktion macht sich einen Zwischenfall zunutze, der sich bis jetzt nur auf die einfache Behauptung eines Priesters stützt, und versucht, dem Volke neuen Schaden zuzufügen.

Es ist notwendig, dass die Genossen entschlossener sind denn je. Auf die infamen Beschuldigungen …«

Und auf einmal geschah etwas Merkwürdiges, was ihm bis jetzt noch nie geschehen war. Peppone hörte sich selbst zu. Es kam ihm vor, als ob er, Peppone, dort hinten stünde und zuhörte, was Peppone sprach.

(»… verkaufte Seelen, die Reaktion im Solde der Feinde des Proletariats, Hungerpolitik der Herren …«)

Peppone hörte sich zu, und es schien ihm immer mehr, als höre er jemand anderem zu.

(»… die Savoya-Clique …, der falsche Klerus …, die schwarze Regierung …, Amerika …, Plutokratie …«)

»Was heißt nur Plutokratie? Warum spricht er von der Plutokratie, wenn er nicht weiß, was das heißt?«, dachte Peppone. Er schaute umher und sah Gesichter, die er fast nicht wieder erkannte. Zweideutige Blicke und am zweideutigsten der Blick des jungen Spocchia. Er dachte an Brusco, an den Getreuesten, und suchte seinen Blick, Brusco war aber ganz hinten, mit verschränkten Armen und gesenkten Hauptes.

(»… unsre Feinde aber mögen wissen, dass der Geist der Widerstandsbewegung in uns nicht erlöschen wird …, die Waffen, die wir damals zur Verteidigung der Freiheit ergriffen …«)

Peppone hörte nunmehr, dass er im Begriff war, wie ein Verrückter zu brüllen. Der Applaus brachte ihn wieder zu sich.

»So ist's recht«, flüsterte ihm Spocchia beim Abschied zu.

»Du weißt, ein Pfiff genügt und man fängt an. Meine Burschen sind immer bereit, auch in einer Stunde.«

»Bravo, bravo!«, antwortete Peppone und klopfte ihm auf die Schulter. Am liebsten aber hätte er ihm den Kürbis zermalmt. Gott weiß, warum.

Er und Brusco blieben allein und schwiegen eine Weile.

»Also?«, schrie plötzlich Peppone. »Bist du denn stumm geworden? Du sagst mir nicht einmal, ob ich gut oder schlecht gesprochen habe?«

»Du hast sehr gut gesprochen«, antwortete Brusco. »Sehr gut. Besser denn je.«

Dann senkte sich wieder zwischen die beiden der Vorhang des Schweigens.

Peppone schrieb in einem Buch Rechnungen auf. Auf einmal ergriff er einen Briefbeschwerer aus Kristall, warf ihn heftig zu Boden und stieß wütend einen langen, verwickelten und verzweifelten Fluch aus.

Brusco schaute ihn an.

»Ein Tintenfleck!«, erklärte Peppone und schloss das Abrechnungsbuch.

»Die üblichen schlechten Federn von diesem Dieb Barchini«, bemerkte Brusco und hütete sich davor zu sagen, die Geschichte mit dem Tintenfleck stimme nicht überein mit dem Umstand, dass Peppone mit einem Bleistift schrieb.

Als sie draußen waren in der Nacht und an die Kreuzung kamen, hielt Peppone inne, als ob er zu Brusco etwas sagen wollte. Dann schnitt er kurz ab:

»Wir sehen uns also morgen.«

»Morgen, Chef. Gute Nacht!«

»Addio, Brusco!«

Es war schon knapp vor Weihnachten und man musste dringend die kleinen Statuen für die Krippe aus der Kiste holen, sie abstauben, hie und da die Farbe ausbessern, einige auch reparieren. Es war schon sehr spät, Don Camillo arbeitete aber noch immer in der Sakristei. Er hörte es am Fenster klopfen und ging nach einer Weile aufmachen, weil es sich um Peppone handelte.

Peppone ließ sich nieder, während Don Camillo weiter seiner Beschäftigung nachging, und beide schwiegen lange.

»Himmelherrgott!«, rief auf einmal wütend Peppone.

»Bist du in die Sakristei gekommen, um hier zu fluchen?«, erkundigte sich ruhig Don Camillo. »Hättest du nicht fluchen können, als du im Parteiheim warst?«

»Man kann nicht einmal im Parteiheim mehr fluchen«, murmelte Peppone. »Man muss dort immer jedem dahergelaufenen Buben Rede stehen.«

Don Camillo fuhr fort, den Bart des heiligen Josef mit Bleiweiß anzustreichen.

»Ein Ehrenmann kann auf dieser schmutzigen Welt nicht mehr leben«, rief Peppone nach einer Weile.

»Und was geht das dich an?«, fragte Don Camillo. »Bist du vielleicht inzwischen ein Ehrenmann geworden?«

»Ich war immer einer.«

»Ach, schön! Hätte ich mir nie gedacht.«

Don Camillo strich weiter den Bart des heiligen Josef an. Dann ging er auf das Kleid über.

»Haben Sie noch lange damit zu tun?«, erkundigte sich Peppone verärgert.

»Wenn du mir hilfst, werden wir bald fertig sein.«

Peppone war Mechaniker und hatte Hände, groß wie Schaufeln, und enorme Finger, die sich kaum biegen konnten. Und doch, wenn man eine Uhr in Reparatur geben wollte, musste man zu Peppone gehen. Das ist nämlich so, dass gerade die größten Riesen in den kleinsten Dingen sehr geschickt sind. Er flickte eine Autokarosserie genauso meisterhaft zusammen wie die kleinsten Rädchen eines Uhrwerks.

»Und was noch? Jetzt werde ich noch die Heiligen anstreichen!«, murmelte er. »Sie verwechseln mich mit dem Messer.«

Don Camillo fischte tief in der Kiste und zog etwas heraus, ein kleines Ding, rosa, nicht größer als ein Spätzchen, und es war gerade das Jesukind.

Die kleine Statue war auf einmal in Peppo-

nes Hand, ohne dass er selbst wusste, wie sie dorthin kam; da nahm er einen Pinsel und begann mit der Feinarbeit. Er auf einer Seite und Don Camillo auf der anderen Seite des Tisches, ohne einander sehen zu können, weil zwischen ihnen der Lampenschirm war.

»Eine schmutzige Welt«, sagte Peppone. »Man kann niemanden trauen, wenn man etwas sagen will. Ich traue nicht einmal mir selbst.«

Don Camillo war ganz bei seiner Arbeit: er musste das Gesicht der Madonna herrichten. Eine heikle Sache.

»Und mir traust du?«, fragte Don Camillo gleichgültig.

»Ich weiß nicht.«

»Versuch mir etwas zu sagen, dann wirst du sehen.«

Peppone war mit den Augen des Jesukindes fertig: das war das Schwerste. Dann frischte er mit Rot die kleinen Lippen auf. »Ich möchte am liebsten alles in die Ecke schmeißen«, sagte Peppone, »man kann's aber nicht.«

»Wer hindert dich denn?«

»Mich hindern? Ich nehme eine Eisenstange und jage ein ganzes Regiment in die Flucht.«

»Hast du Angst?«

»Ich habe niemals in meinem Leben Angst gehabt!«

»Ich schon, Peppone. Manchmal habe ich Angst.«

Peppone tauchte den Pinsel ein.

»Ja, ich auch, manchmal«, sagte Peppone, und man hörte ihn kaum.

Auch Don Camillo seufzte.

»Die Kugel ist vier Finger von meiner Stirn entfernt vorbei geflogen«, erzählte Don Camillo. »Hätte ich nicht gerade in diesem Augenblick den Kopf nach hinten gewandt, erledigt wäre ich gewesen. Es war ein Wunder.«

Jetzt war Peppone mit dem Gesicht des Kindleins fertig und strich den Körper rosa an.

»Es tut mir leid, dass ich ihn verfehlt habe«, murmelte Peppone. »Es war aber zu weit und die Kirschbäume waren dazwischen.«

Don Camillo hörte auf zu pinseln.

»Seit drei Nächten«, erklärte Peppone, »streifte Brusco um das Haus des Pizzi, weil wir fürchteten, dass jemand den Buben beseitigen könnte. Der Bub muss gesehen haben, wer vom Fenster auf seinen Vater schoss, und der andere weiß es. Ich kreiste inzwischen um Ihr Haus herum. Ich war nämlich sicher, dass der andere annimmt, Sie wüssten es, wer auf Pizzi geschossen hat.«

»Der andere, wer?«

»Ich weiß nicht«, antwortete Peppone. »Ich habe ihn von weitem gesehen, wie er zum Fenster der kleinen Kapelle ging. Ich konnte aber nicht schießen, bevor er etwas getan hatte. Kaum hatte er geschossen, habe auch ich es getan. Ich habe ihn verfehlt.«

»Der Herr sei gelobt«, sagte Don Camillo. »Ich weiß, wie du schießt, und ich kann dir nur sagen, dass es zwei Wunder waren.«

»Wer kann es sein? Nur Sie und der Bub wissen es.«

Don Camillo sprach langsam.

»Ja, Peppone, ich weiß es, nichts auf der Welt kann mich aber dazu bringen, das Beichtgeheimnis zu verletzen.«

Peppone seufzte und fuhr fort zu malen.

»Etwas stimmt nicht«, sagte er plötzlich. »Es scheint mir, als ob mich alle jetzt mit anderen Augen anschauen würden. Alle, auch Brusco.«

»Dem Brusco wird es auch so vorkommen. Den anderen auch«, antwortete Don Camillo. »Jeder hat Angst vor dem anderen, und immer, wenn er spricht, glaubt er, sich verteidigen zu müssen.«

»Warum denn?«

»Lassen wir die Politik in Ruhe, Peppone.«

Peppone seufzte wieder.

»Ich fühle mich wie im Unrecht«, sagte er finster.

»Es gibt immer eine Tür, durch die man aus jedem Gefängnis der Erde entschlüpfen kann«, antwortete Don Camillo. »Zuchthäuser gibt es nur für den Körper. Und der Körper zählt wenig.«

Das Jesukind war jetzt fertig, frisch in der Farbe und so rosa und hell, dass es mitten auf der enormen dunklen Hand Peppones zu leuchten schien.

Peppone schaute es an, und schien ihm, dass er die Wärme dieses kleinen Körpers auf seiner Hand spüre. Und er vergaß das Zuchthaus. Er legte das rosa Jesukind sanft und vorsichtig auf den Tisch, und Don Camillo stellte daneben die Madonna.

»Mein Kleiner lernt jetzt das Weihnachtsgedicht«, berichtete stolz Peppone. »Ich höre jeden Abend, wie es seine Mutter mit ihm vor dem Schlafen wiederholt. Er ist ein Phänomen.«

»Ich weiß«, bestätigte Don Camillo. »Auch das

Gedicht für den Bischof hat er herrlich gelernt gehabt.«

Peppone straffte sich. »Das war eine Ihrer größten Gaunereien!«, rief er. »Dafür werden Sie mir noch zahlen.«

»Zum Zahlen und zum Sterben ist immer Zeit«, erwiderte Don Camillo.

Neben die über das Jesukind gebeugte Madonna stellte er den kleinen Esel.

»Das ist Peppones Sohn, das ist Peppones Frau, und das ist Peppone«, sagte Don Camillo und berührte zum Schluss den kleinen Esel.

»Und das ist Don Camillo!«, rief Peppone, nahm den kleinen Ochsen und stellte ihn zur Gruppe.

»Ach was, unter Tieren versteht man sich immer gut«, schloss Don Camillo.

Nach dem Abschied tauchte Peppone wieder in die düstere Nacht der Po-Gegend, war aber jetzt ganz ruhig, weil er in der hohlen Hand die Wärme des Jesukindes spürte.

Dann hörte er im Ohr die Worte des Gedichtes klingen, das er schon auswendig kannte.

»Wenn er es mir am Heiligen Abend aufsagt, wird das herrlich sein!«, freute er sich. »Und wenn es auch die Volksdemokratie anders befehlen wird, man muss diese Gedichte belassen. Ach was, vorschreiben muss man sie!«

Der Strom fließt ruhig und langsam, dort, zwei Schritte vom Fuße des Dammes, und auch er ist ein Gedicht: ein Gedicht, das angefangen wurde, als die Welt begann, und das sich noch immer fortsetzt. Und um den kleinsten unter den Milliarden von Steinen am Grunde des Wassers abzurunden und abzuschleifen, waren tausend Jahre notwendig.
Und nur in zwanzig Generationen wird das Wasser ein neues Steinchen geschliffen haben.
Und in tausend Jahren werden die Leute mit einer Stundengeschwindigkeit von sechstausend Kilometern mit Superatomraketen fliegen, und wozu? Um an das Jahresende zu gelangen und mit offenem Munde vor demselben Jesukind aus Gips stehen zu bleiben, das Genosse Peppone an einem dieser Abende mit dem kleinen Pinsel bemalt hat.

HANS ORTHS

Weihnachten der Tiere:
Die Geschenke der Tiere

In der Nacht, als der König der Welt geboren wurde, waren es außer Maria und Joseph Tiere, die als erste das Jesuskind sehen konnten. Genauer gesagt: Ochs und Esel, die friedlich im hinteren Teil des halbverfallenen Stalles ruhten, bekamen die Geburt hautnah mit. Und dann waren es hunderte von Schafen, die mit ihren Hirten zum Kind in der Krippe eilten. Ihr vielzähliges Blöken ließ das Kind in den Armen seiner Mutter fröhlich lächeln. Die Tiere sagten untereinander, dass sie ein solch schönes und strahlendes Menschenkind noch nie gesehen hatten und sie überlegten, welche Freude sie ihm wohl machen könnten.

Der Ochs sagte: »Ich werde jetzt nicht mehr so störrisch sein und die Mutter mit ihrem Kind auf meinem Rücken über das Gebirge tragen.« Und die Schafe stritten sich fast, weil jedes von ihnen dem Kind seine Wolle schenken wollte, damit es etwas Warmes zum Anziehen habe.

Nur einer, der grau-schwarze Schäferhund Selgra, wusste nicht, wie er das Kind erfreuen sollte, und wurde ganz traurig.

Da kam eine Spitzmaus aus dem Stroh gelaufen und setzte sich neben Selgra. Sie hatte überhaupt keine Angst. »Ich weiß, was du tun kannst«, sagte sie, »du kannst doch so toll springen! Zeige dem Christuskind deine Künste!«

Der Hund schaute zuerst erstaunt, dann aber nickte er strahlend. Und sprang hoch und weit und überschlug sich, er sprang über die Krippe auf den Rücken des Esels, machte auf dem Nacken des Ochsen Männchen und war ganz aus dem Häuschen.

Ein glückliches Lachen war im Gesicht des Christuskindes und auch Ochs und Esel, die Schafe, die Hirten und Maria und Joseph klatschten begeistert Beifall.

So waren alle zufrieden und freuten sich. Auch die Maus war froh, denn sie hatte dem grau-schwarzen Schäferhund Selgra etwas geschenkt, das alle fröhlich machte: ihren klugen Rat!

SIEGFRIED LENZ

Fröhliche Weihnachten oder Das Wunder von Striegeldorf

Vieles hat sich unter Weihnachten in Masuren ereignet, weniges aber kommt an Merkwürdigkeit gleich jenem Vorfall, den mein Großonkel, ein sonderbarer Mensch mit Namen Matuschitz, auslöste. Ich möchte davon erzählen auf jede Gefahr hin.

Heinrich Matuschitz, ein fingerfertiger Besenbinder, hatte sich an einem fremden Motorrad vergangen und war für wert befunden, einzusitzen für ein halbes Jahr. Er saß zusammen mit einem finsteren Menschen mit Namen Mulz, der ein alter Forstgehilfe war und dem die Wilddiebe, hol sie der Teufel, zwei Frauen nacheinander von der ehelichen Seite fortgefrevelt hatten, woraufhin Otto Mulz, in gewalttätigem Kummer, den ganzen Striegeldorfer Forst anzündete. Gut. Die Herren leisteten sich rechtschaffen Gesellschaft in ihrer Zelle, beobachteten die berühmten Striegeldorfer Sonnenuntergänge, plauderten aus ihrem Leben, und derweil taten Wochen und Monate das, wovon sie scheint's niemand abbringen kann: Sie strichen ins Land, rückten vor, diese Monate bis zum Dezember, brachten Schnee mit, brachten Frost, bewirkten, daß das schmucklose Gefängnis geheizt wurde, taten so, was man von ihnen erwartet. Insbesondere aber brachten sie näher gewisse Termine, und mit den niederen Terminen auch den Obertermin sozusagen: den Heiligen Abend nämlich. Nun fällt es einem Masuren schon schwer genug, auf die Annehmlichkeiten der Freiheit im Allgemeinen zu verzichten, furchtbar aber wird es, wenn man ihn zu solchem Verzicht auch am Heiligen Abend zwingt. Demgemäß wandte sich Heinrich Matuschitz, mein Großonkelchen, an seinen Zellenbruder, sprach ungefähr so: »Der Schnee, Otto Mulz«, so sprach er, »kündigt liebliches Ereignis an. Nimmt man den Frost noch hinzu und das Gefühl im Innern, so muss der Heilige Abend nicht weit sein. Habe ich richtig gesprochen?«

»Richtig«, sagte der alte Forstgehilfe.

»Also«, stellte mein Großonkelchen befriedigt fest. Dann starrte er hinaus in den wirbelnden Flockenfall, sann, während er sich am Gitter festhielt, ein Weilchen nach, und nachdem ein neuer Gedanke ersonnen war, sprach er folgendermaßen:

»Das Ereignis«, so sprach er, »das liebliche, es steht bevor. Jedes Wesen in Striegeldorf und Umgebung ist angehalten, sich zu freuen. Die Menschen sind angehalten, die Hasen, die Eichhörnchen, und schon gar nicht zu reden von den Kindern. Nur wir, Otto Mulz, sollen gebracht werden um unsere Freude. Weil sich aber jedes Wesen zu freuen hat an diesem Termin, müssen wir ersinnen einen Ausweg.« – »Man will uns«, sagte der alte Forstgehilfe, »die Freude stehlen.«

»Eben«, sagte Heinrich Matuschitz, mein Großonkel. »Aber wir werden uns, bevor es dazu kommt, die Freude besorgen, und zwar da, wo sie allein zu finden ist: in der Freiheit. Wir werden uns zum Heiligen Abend beurlauben.«

»Das ist, wie die Dinge liegen, gut gesagt«, sprach Mulz. »Nur wird der alte Schneppat uns nicht bewilligen solchen Urlaub zur Freude. Unter den Aufsehern, die ich kenne, ist Schneppat der Schlimmste. Man wird uns, schlickerdischlacker, gleich wieder schnappen,

zumal durch meine persönliche Feuersbrunst verloren gegangen sind die schönsten Verstekke im Walde.« Bei diesen Worten wies er mit ordentlicher Bekümmerung auf die traurigen Baumstümpfe, die vom Striegeldorfer Forst nachgeblieben waren.

Das Großonkelchen indes gnidderte, das heißt: lachte versteckt, legte dem Otto Mulz einen Arm um die Schulter, winkte sich sein Ohr ganz nahe heran und sprach:

»Uns wird«, so sprach er, »überhaupt niemand vermissen, kein Schneppat und niemand. Denn wir werden zurücklassen unser Ebenbild. Wir werden hier sein und nicht hier.«

Was Otto Mulz dazu brachte, mein Großonkelchen zuerst erstaunt, dann misstrauisch und schließlich mitfühlend anzusehen und nach einer Weile zu sagen:

»Manch einen, Heinrich Matuschitz, hat große Freude schon blöde gemacht. Denn erkläre mir, bitte schön, wie ein Mensch gleichzeitig sein kann bei dem lieblichen Ereignis in der Freiheit und hier in der Zelle.«

Obwohl diese Worte, man wird es zugeben, nicht unbedingt höflich waren, verlor das Großonkelchen weder Faden noch Geduld,

sondern begann mit listigem Lächeln zu flüstern, und zwar flüsterte er dermaßen vorsichtig, daß nicht einmal etwas für diese Erzählung
erlauscht werden konnte. Sicher ist nur, daß er
damit den Otto Mulz, sei es überredete, sei es
überflüsterte; denn das finstere Gesicht des
alten Forstgehilfen hellte sich auf, spiegelte
Teilnahme, spiegelte Begeisterung, und zuletzt spiegelte es – na, sagen wir: Verklärung.

Und dann begab sich folgendes: Heinrich Matuschitz, mein Großonkel, aß kein Brot mehr
– ebenso wenig aß es sein Zellenbruder –; und
jede Ration wurde unter dem Bett versteckt,
wurde gestreichelt und gehütet, während das
liebliche Ereignis unaufhaltsam heraufzog.
Die einsitzenden Herren wurden, je näher
das Ereignis kam, unruhiger, gespannter und
flattriger, man plauderte nicht mehr aus dem
Leben, fand keine Zeit zu müßiger Beobach-
tung, alles an ihnen war nur noch eingestellt
in Richtung auf das Kommende und auf das,
was zwischen ihnen geflüstert war.

Und eines Morgens, nachdem der Frost sie
muntergekniffen hatte, erhob sich Heinrich
Matuschitz und gab preis, was er so sorgfältig
auch vor uns verborgen gehalten hatte: fin-

gerfertig wie mein Großonkelchen war, zog er das gesparte Brot unter dem Bett hervor, benetzte es auskömmlich und begann, weiß der Kuckuck, aus dem weichen Brot den Kopf des alten Forstgehilfen zu kneten. Walkte und knetete mit einem Geschick, dass sich dem Otto Mulz die Sprache versagte; zog eine Nase aus, das Großonkelchen, klatschte eine Stirn zurecht, schnitt zwei Lippen in den Teig – und alles haargenau nach dem Original des Forstgehilfen. Lachte dabei und sprach:

»Der wird«, sprach er, »Otto Mulz, genau wie du. Hoffentlich steckt er nur keinen Forst an.«

»Mir wird es«, sprach Mulz, »unheimlich zumute. Obwohl ich weiß, Heinrich Matuschitz, dass du manches kannst schnitzen mit deinem Messer, wußte ich doch nicht, daß du einen Striegeldorfer formen kannst nach seinem Ebenbild.«

Dann sah er atemlos zu, wie Ohr und Kinn entstanden, und zuletzt hielt er zitternd still, als ihm das Großonkelchen ein paar Haare absäbelte und sie an den Brotkopf klebte.

»Pschakrew«, sagte der Forstgehilfe, »wenn ich schon früher so doppelt gewesen wäre, dann hätte einer von mir zu Hause bleiben

können: die Wilddiebe hätten sich nicht ran-
getraut, die Frau wäre mir geblieben, ich hätte
den Forst nicht angezündet und brauchte hier
nicht zu sitzen. Wenn ich, pschakrew, das alles
gewußt hätte.«

Nachdem der Kopf des Forstgehilfen fertig war,
fabrizierte mein Großonkelchen sich selbst,
und weil das Brot nicht hinreichte, nahm er
zur Ausbildung des Hinterkopfes einige Pfef-
ferkuchen, die ihnen, da das liebliche Ereignis unmittelbar bevorstand, hereingeschoben
worden waren.

Kaum war er fertig damit, als die Klappe in der
Tür fiel und Schneppat, der kurzatmige Aufseher, hereinschaute zum Zweck der Kontrolle.
Er schaute wichtigtuerisch, dieser Mensch,
und zum Schlusse fragte er in seiner höhni-
schen Besorgtheit: »Na«, fragte er, »was wünschen sich die Herren zum Heiligen Abend?«
»Schlummer«, sagte mein Großonkelchen
prompt. »Wir möchten bitten das Gesetz um
langen, ungestörten Festtagsschlummer.«
»Könnt ihr haben«, sagte Schneppat. »Aber da
ich nicht hier bin, werd' ich es Baginski sagen,
dem Aufseher aus Sybba. Er löst mich ab für
zwei Tage. Wer schlummert, sündigt nicht.«

Damit ließ er die Klappe herunter und emp-
fahl sich.

Seine Schritte waren noch nicht verklungen,
als Heinrich Matuschitz die Brotköpfe hervor-
holte, sie auf die Pritschen legte, die Decken
kunstgerecht hochzog und überhaupt einen
unwiderlegbaren Eindruck hervorrief von zwei
Herren im Festtagsschlummer. Wehmütig standen sie vor ihren Ebenbildern, ergriffen sogar,
und dann sagte das Großonkelchen vor seiner
Büste:

»Ich grüße dich«, sagte er, »Heinrich Matuschitz auf der Pritsche. Gott segne deinen
Schlummer.«

Etwas Ähnliches sprach auch der alte Forstgehilfe, und nachdem sie Abschied genommen
hatten von sich selbst, hoben sie das Gitter ab
und verschwanden durchs Fenster in Richtung
auf das liebliche Ereignis.

Dies Ereignis: es wurde angesungen von den
Zöglingen der Striegeldorfer Schule, wurde
von Glöckchen verkündet, vom Geruch gebra-
tener Gänse, und ehedem hatte sich an der
Verkündung auch der Wind im Striegeldorfer
Forst beteiligt.

Mein Großonkelchen und Otto Mulz, sie gingen

mit sich zu Rate, wie sie das liebliche Ereignis ihrerseits am besten verkünden könnten, und nach schwerer Grübelarbeit beschlossen sie, es durch Gesang zu tun, mit den Zöglingen der Striegeldorfer Schule. Während des Gesanges schon wurden sie teilhaftig der Freude, obwohl die Oberlehrerin Klimschat, die das Singen befehligte, Mühe hatte, die Herren einzustimmen: bei jedem Mal, da sie die Stimmgabel anschlug, lauschte sie verwundert und sprach: »Mir kollert, pschakrew, ein Tönchen nach dem andern von der Gabel runter.«

Na, aber da sie von mitfühlendem Wesen war, ließ sie die Herren singen, und nach dem Gesang gingen diese zu meinem Großonkelchen nach Hause, wo neue Freude bezogen wurde aus gebratenem Speck, aus geräuchertem Aal und, natürlich, aus dem lieblichen Schein der Talglichter. Bezogen so viel Freude, die Herren, daß sie wieder ins Singen verfielen, sangen von dem lieblichen Ereignis, und nach abermaligem Essen suchten die Herren auf dem Fußboden nach einem Festtagstraum.

Träumten angenehm bis zum nächsten Tag, lächelten sich innig zu beim Erwachen und stellten fest, dass man nicht bestohlen worden war um rechtmäßige und zustehende Freude. Und nach solchen Versicherungen beschlossen sie, zurückzukehren in das ansprechende, wenn auch schmucklose Gefängnis, um unnötige Schwierigkeiten zu vermeiden. Machten sich also auf, die beiden, und gelangten alsbald zum Ort ihrer Bestimmung, der bewacht wurde von dem Aufseher Baginski aus Sybba. Dieser Mensch jedoch, wachsam wie er war, entdeckte die Herren, als sie in der Dämmerung durchs Fenster steigen wollten, rief sie drohend an und kommandierte:

»Der Unfug«, kommandierte er, »hat an diesem Haus zu unterbleiben, zumal Weihnachten. Alle Personen zurück.«

Worauf mein Großonkelchen entgegnete:

»Wir fordern nicht gerade, was recht, aber was billig ist. Wir gehören hierher. Wir sind, wenn ich so sagen darf, wohnberechtigt.«

Baginski lugte durch das Fenster, äugte eine ganze Zeit hinein, und dann sprach er:

»Die Betten, wie man sieht, sind besetzt. Die Herren schlummern. Da sie sich ausbedungen haben den Schlummer zum Festtag, hat jede Störung zu unterbleiben.«

»Ein Irrtum«, sagte Otto Mulz, dem die Kälte zuzusetzen begann. »Ein reiner Irrtum, Ludwig Baginski. Die Herren, die da schlummern, sind wir.«

»Wir möchten«, ließ sich mein Großonkel vernehmen, »die Schlafenden nur austauschen gegen uns.«

Ludwig Baginski, der Aufseher, blickte düster, blickte zurechtweisend, schließlich sagte er: »Meine Augen«, sagte er, »sie sehen, was nötig ist. Und hier ist nötig Ruhe für zwei schlummernde Herren. Also möchte ich bitten um das, was gebraucht wird zur Erhaltung des Schlummers: Stille nämlich.«

Stellte sich, weiß Gott, gleich ziemlich drohend auf, dieser Ludwig Baginski, und zwang die Herren, abzuziehen. Nun, sie zogen davon bis zu den Baumstümpfen des ehemaligen Striegeldorfer Forstes, stellten sich zusammen, und da sie diesmal keinen Grund besaßen, zu flüstern, vernahm man Otto Mulz folgendermaßen:

»Napoleon«, so vernahm man ihn, »hatte es schwer auf seinem Weg nach Russland. Verglichen mit unserer Schwierigkeit, war seine ein Dreck.«

»Man müsste«, sagte Heinrich Matuschitz, »etwas ersinnen.«

»Mäuse«, sagte der alte Forstgehilfe. »Wir werfen Mäuse in das Zellchen, sie werden unsere Köpfe wegknabbern, und wenn wir nicht mehr da schlummern, wird man uns wieder reinlassen, und wir können in Ruhe abbrummen die letzten Wochen.«

»Auch die Mäuse, Otto Mulz, sind zu dieser Zeit angehalten zur Freude. Sie finden mehr als genug. Nein, wir müssen warten, bis Ludwig Baginski sich niedergelegt zur Ruhe. Dann werden wir's noch einmal versuchen.«

Und das taten die Herren. Sie warteten frierend im ehemaligen Striegeldorfer Forst, und als die Stunde gut war und günstig, schlichen sie zum Gefängnis, stiegen diesmal unbemerkt ein, als die Klappe in der Tür fiel und der Aufseher Baginski argwöhnisch hereinsah. Es durchfuhr ihn, er grapschte in die Luft und taumelte zurück, und als die Benommenheit sich legte, rannte er nach dem Schlüssel, rannte zurück und schloß auf. Was er sah, es waren zwei blinzelnde Herren, die auf ihren Pritschen lagen.

Aber Baginski gab sich nicht zufrieden, respektierte keinen Schlummer und keinen Festtag, sagte stattdessen: »Meine Augen, sie sehen, was zu sehen ist. Und sie haben in diesem Zellchen erblickt vier Herren, statt zwei. Demnach möchte ich bitten um Aufschluss über die zwei andern.«

»Wir haben, wie gewünscht, angenehm geschlummert«, sagte Mulz.

»Aber es waren vier, wie meine Augen gesehen haben.«

Darauf sammelte sich mein Großonkelchen und sprach:

»Wenn ich mich, Ludwig Baginski, nicht irre, geschehen zu diesem Termin Wunder auf der ganzen Welt. Warum, bitte sehr, sollte Striegeldorf verschont bleiben von solchen Wundern? Besser, es geschieht ein Wunder als gar keins. Habe ich richtig gesprochen, Otto Mulz?«

»Richtig«, bestätigte der alte Forstgehilfe, und die Herren wickelten sich jeder in sein Deckchen und wünschten sich »Gute Nacht«.

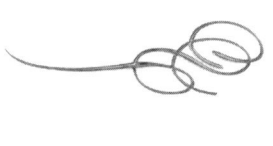

CHRISTINE NÖSTLINGER

Weihnachtsgaben im Rückblick

Na, wie war es denn heuer mit den Geschenken, verehrte Leserin? Haben Ihre mehr oder weniger Lieben Ihre geheimen Wünsche getroffen? Oder hat man Sie durch oberflächliche Geschenkswahl tief getroffen?

Hat Ihnen Ihr Mann das Buch geschenkt, das er schon längst hatte lesen wollen? Oder hat er der Werbestimme vertraut, die wochenlang verkündet hat, dass ein Bügeleisen ein sehr »persönliches Geschenk« sein kann?

Und sind Sie sich schon klar, ob Sie es wagen dürfen, von Ihrer Schwiegermutter die Rechnung für den schweinsrosa Morgenmantel zu fordern, damit Sie ihn umtauschen können?

Und wie werden Sie es mit dem Maiglöckerlwasser halten, das eine ruchlose Verkäuferin Ihrem achtjährigen Sohn ins seidige Sternenpapier gewickelt hat?

Und wie verkraften Sie es, dass sich Ihre Tochter im Pullover, den Ihnen Ihr Mann geschenkt hat, pudelwohl fühlt? Wunder ist es ja keines.

Der Pullover passt schließlich ausgezeichnet zur karierten Hose Ihrer Tochter. Was die Tochter, dem Papa beim Einkauf behilflich, sicher bedacht hat.

Und wie, verehrte Leserin, haben Sie denn geschenkt? Ist Ihr Gewissen rein? Oder kommt Ihnen Ihr Ehemann in der himmelblauen Hausjacke nicht doch etwas verloren vor?

Fragen Sie sich, ob die Oma mit Absicht oder aus Altersvergesslichkeit das »Super-Tiefkühlkost-Sägemesser« unbedingt unter dem Christbaum liegen ließ? Und wie steht's um die froschgrüne Tasche, von der ein Verkäufer sagte, sie sei der Traum aller jungen Mädchen? Wieso hat Ihre Tochter dann gestern die alte Handtasche genommen, als sie außer Haus eilte?

Oder stricken Sie etwa noch am Halsausschnitt vom Pulli, den Sie Ihrem Mann schenken wollten? Wenn dem so sein sollte, nehmen Sie es nicht tragisch. Jetzt, ohne Überraschungszwang, können Sie wenigstens ordentlich Maß nehmen.

In den vergangenen Jahren – Hand aufs Weihnachtsherz – war es doch ohnehin immer peinlich, wenn der arme Kerl freudig und im

Scheine der Flackerkerzen das gute Stück anlegen wollte und den Kopf bloß bis zu den Ohren durchs Halsloch bohren konnte und Sie dann murmeln mussten: »Das trenn ich wieder auf!« Eben! Eine gewisse Zögerlichkeit bei der Geschenkeproduktion hat ihre Vorteile.

Was unternehme ich Silvester?

Soll ich zu Kallmanns gehen? Die zünden ihren Tannenbaum an, drehen das Grammofon auf, das ihnen »Stille Nacht, heilige Nacht« vorkratzt, die Kinder lagern sich mit den Torsos ihrer Spielsachen auf den guten Teppich, und Vater raucht die neue Pfeife an. Mutter Kallmann spricht mit mir über die Dienstbotenmisere, und ich sage: »Jawohl, gnädige Frau! … Gewiss, gnädige Frau! … Denken Sie nur, gnädige Frau!« Das andre sagt sie. Ich werde doch lieber nicht zu Kallmanns gehen.

Soll ich zu meiner Freundin mit der schönen Seele und den dicken Beinen gehen? Sie wird feuchte, große Augen machen und mich mit Erinnerungen plagen. Sie wird feierlich gestimmt sein, was ihr gar nicht steht, und wird hochzeremoniös – auch sie – den Weihnachtsbaum entzünden und sagen: »Lieber Peter …« Bu. Ich werde doch lieber nicht zu meiner schönen Seele gehen.

Soll ich auf einen öffentlichen Ball gehen?

Da werden sich zweitausend Menschen in Räumen drängen, die nur für zweihundert berechnet sind. Kellner werden sich den Sacharinsekt zu Valutapreisen aus den Händen schlagen lassen, und irgendwo im Wirbel und Rauch lärmt eine Kapelle. In der Mitte tun ein paar Leute so, als ob sie tanzten. Es sind alle da: man zeigt sich die Herren aus der Wilhelmstraße, Kino-Namen werden geflüstert, und die Bühne hat ihre besten Vertreter … auch die Wissenschaft … Nur die Kokotten benehmen sich anständig. Wer wird auch Silvester fachsimpeln, wenn mans das ganze Jahr tun muss … ! Die Luft wird stickig und verbraucht sein, die Scherze auch. Nein – ich werde doch lieber nicht auf einen öffentlichen Ball gehen. Soll ich auf einen privaten Ball gehen? (Oho! Ich bin eingeladen!) Die Zimmer werden ausgeräumt sein, die Lampen blau und lila umkleidet. Es wird Sekt geben und kleine Brötchen. Am Klavier ein Mann und eine Geige. Es wird viel und hingebend getanzt. Auf dem Teppich und auf den Sofas knautschen sich die Paare, so, als ob es auf der ganzen weiten Welt kein Bett gäbe. Nur die festen Verhältnisse benehmen sich anständig. (Man soll nichts verreden.) Die Tochter vom Haus wird alle Minen ihres goldenen Temperaments springen lassen – sie findet es so furchtbar interessant, das alte Wort zu variieren: Immer davon sprechen, aber es nie tun! Die jungen Herren werden sich bei den jungen Damen alle Freiheiten erlauben, weil sie nichts kosten. Auch Hessen-Nassau ist eine Provinz. Nein, ich werde doch lieber nicht auf einen privaten Ball gehen.

Also: was dann –? Ich schlage vor, wir füllen die kleine blaue Blumenvase wie gewöhnlich mit roten Blumen und trinken einen stillen roten Wein. Vielleicht erwachst du nachts so gegen zwölf. Ich werde dir dann sagen: »Liebe – ich glaube, jetzt muss ich mir einen Zylinder aufsetzen und du schlägst ihn ein. Das ist so Sitte.« Und darauf du: »Ich bin so müde. Gute Nacht.«

Und wenn du morgen früh aufwachst, ist es – wetten, dass? – 1922, und ich küsse dir das neue Jahr aus den Augen. Und da es ein alter Aberglaube ist, dass man das ganze Jahr hindurch tun wird, was man Silvester tut, so eröffnen sich für uns freundliche und wahrhaft erfrischende Perspektiven. Prosit Neujahr!

Die kleinen heiligen drei Könige

Die drei Jungen aus dem Kindergarten wollen auch einmal die heiligen drei Könige spielen. Als sie die notwendigen Kostüme zusammen haben, machen sie sich auf den Weg. Und es stört sie überhaupt nicht, dass erst der 4. Januar ist, zwei Tage vor dem Fest der heiligen drei Könige.

5 Minuten

Den Marc, den Tommy und den Jonathan hat es sehr geärgert, dass im letzten Jahr die großen Jungen aus der Schule die heiligen drei Könige gespielt haben. Wer noch in den Kindergarten ging, dem blieb nichts anderes übrig, als hinter ihnen herzulaufen. Ohne Krone! Ohne feinen Mantel! Ohne Kreide! Und geschenkt wurde einem natürlich auch nichts.

Nein, das würde in diesem Jahr ganz anders werden. Jedenfalls hatten sich das die drei kleinen Jungen ganz fest vorgenommen.

Tommys Mutter war auch gern bereit, mit ihnen die Kronen zu basteln. Und sie schneiderte aus altem Stoff wunderschöne, mächtige Mäntel, in denen sich die kleinen drei Könige fast verstecken konnten. »Wollt ihr im Kindergarten ein Dreikönigsspiel spielen?«, fragte sie. Die drei nickten ernst mit ihren Kronen auf dem Kopf. »Wir spielen es überall!«, sagten sie und sangen Tommys Mutter das Lied vor, das sie gestern im Kindergarten gelernt hatten:

»Wer steht vor deiner Tür?
Wer steht vor deiner Tür?
Drei Könige mit ihrem Stern,
die stehen vor der Tür.
Drei Könige mit ihrem Stern,
die stehn vor deiner Tür
und wollen heut zu dir!«

»Schön!«, sagte Tommys Mutter und nickte ihnen freundlich zu.

»Wie spät ist es?«, fragte Jonathan.

»Bald fünf!«, meinte Tommys Mutter. »Es wird schon dunkel!«

»Wir gehen noch mal zu Jonathan!«, sagten die drei Könige. Jonathan wohnte ganz am anderen Ende der Straße. Es war ein ziemlich weiter Weg bis zu Jonathan, aber sie waren ihn schon oft zusammen gegangen.

Tommys Mutter nickte nur. »Um sieben Uhr

essen wir zu Abend!«, sagte sie noch, und Tommy nickte. Das wusste er doch sowieso. Sie aßen immer um sieben Uhr zu Abend, weil dann Papa aus der Stadt zurückkam, wo er sein Geschäft hatte.

Und dann gingen drei einsame kleine Könige durch die Straße, gingen hintereinander her und ihre goldenen Kronen aus Goldfolie glänzten im Mondenschein. Sie gingen ein paar Häuser weiter und schellten dann beim fünften Haus. Als die Tür geöffnet wurde, sangen sie mit feinen Stimmen das Dreikönigslied und blickten den alten Mann und die alte Frau in der Haustür ernst und feierlich an.

»Ihr seid aber früh!«, sagte der alte Mann.

»Wir müssen um sieben wieder zu Hause sein!«, gaben die kleinen Könige zur Antwort. Da fragte der Mann nicht weiter, griff nach seinem Portemonee und übergab ihnen einen zusammengefalteten Schein.

»Danke!«, sagte die alte Frau. »Ihr habt wirklich schön gesungen!«

Dann sahen sie Jonathan zu, der mit Kreide eine große Krone auf die Haustür zeichnete.

»Das ist auch anders als sonst!«, meinte der alte Mann.

»Besser!«, antwortete Jonathan leise. »Viel besser!« Er brauchte ihnen ja nicht zu erzählen, dass er die Buchstaben, die sonst die drei Könige über die Tür schrieben, noch nicht im Kindergarten gelernt hatte.

Sie winkten freundlich und gingen dann mit großen Schritten ernst und feierlich zum nächsten Haus.

»Ihr seid aber früh!« Wieder dieselbe Frage und Antwort: »Wir müssen um sieben wieder zu Hause sein!«

»Ein schönes Lied habt ihr gesungen!«, sagte die Frau und gab Tommy einen Geldschein. »Anders als sonst die Jahre!«

»Ja, vieles ist anders geworden!«, stimmte Marc zu und zeichnete eine große Krone auf die Haustür. »Aber sehr schön ist das!«, sagte die Frau und strich Marc über den Kopf. »Es wird also doch nicht alles schlechter!«, sagte sie noch, bevor sie wieder hineinging.

Die drei kleinen Könige gingen feierlich weiter von einem Haus zum anderen. Manche Leute wunderten sich, dass sie schon so früh kamen, gaben sich aber mit ihrer Antwort zufrieden. Andere fragten gar nicht weiter nach, sondern spendeten gleich aus dem Portemonnee. Das

Lied gefiel so ziemlich allen. Nur ein paar Leute waren nicht ganz damit einverstanden, dass nur die Krone auf die Haustür gezeichnet wurde. Sie hätten so gern die Anfangsbuchstaben der Namen der Könige und die Jahreszahl über der Tür stehen gehabt. Doch die drei Jungen verwiesen so beharrlich darauf, dass in diesem Jahr Kronen an der Haustür dran waren, dass sich die Leute dann doch zufrieden gaben.

Nur ziemlich am Ende der Straße gab es Ärger. Dort wohnte nämlich der große Jupp, und der Jupp war ganz und gar nicht mit den kleinen drei Königen einverstanden. Der große Jupp sollte in diesem Jahr einer der drei Könige sein, und zwar der schwarze Melchior. Jetzt merkte er, dass ihm die drei kleinen Könige zuvorgekommen waren!

»Dreikönig ist erst übermorgen!«, schrie er sie wütend an. »Und dann dürft ihr nicht die Könige sein!«

»Wollen wir auch nicht!«, sagte Tommy tapfer. »Deshalb sind wir ja heute gegangen!«

»Am 4. Januar kann kein Mensch als Dreikönige gehen!«, brüllte Jupp.

»Doch!«, sagten die drei kleinen Könige tapfer und blickten unter sich.

»Und was machen wir am 6. Januar?«, fragte Jupp und wurde immer leiser.

»Ihr könnt doch noch einmal gehen!«, schlug Marc vor. Jupp stand da wie ein begossener Pudel. »Geht endlich!«, sagte er schließlich und schlich mit hängenden Schultern ins Haus zurück.

Jonathan malte noch eine große Krone auf die Haustür. Dann beschlossen sie, dass sie nun lange genug die drei Könige gewesen waren.

Jetzt wollten sie aber noch schnell das Geld beim Pfarrer vorbeibringen. Dass das Sternsingergeld für eine Kinderklinik in Südamerika bestimmt war, das hatten sie bereits im Kindergarten erfahren.

Beim Pfarrer warteten schon drei grollende Jungen, die übermorgen die drei Könige sein wollten und nun von Jupp alles erfahren hatten.

Doch es gelang dem Pfarrer, die großen und kleinen Jungen miteinander zu versöhnen. Und am Sonntag erzählte er im Gottesdienst von den heiligen kleinen drei Königen, die gestern unterwegs waren und fleißig gesammelt hatten. Da ging ein Schmunzeln über die Gesichter der Leute. Ein Mann stand sogar auf und sagte laut, dass das neue Lied der kleinen Sternsinger ganz besonders schön gewesen wäre.

»Unsere richtigen Sternsinger werden es auch noch lernen«, sagte der Pfarrer. Dann bat er die Gemeinde, die richtigen Sternsinger gebührend zu empfangen und nicht zu kleinlich mit den Spenden zu sein.

Und am 6. Januar, als die drei Könige durch die Straßen zogen, mussten die kleinen drei Könige mit. Sie gingen im Zug gleich hinter den drei richtigen Königen her und sangen mit feierlicher Stimme ihr Lied, das sie im Kindergarten gelernt hatten. Als das Lied zu Ende war, klatschten die Leute laut Beifall. Die drei großen Jungen klatschten auch und lachten ihnen zu.

Da wussten die kleinen Könige, dass ihnen die großen Könige wieder gut waren. So sangen sie gleich noch einmal so schön, und die großen stimmten froh in ihr Lied mit ein.

ANDREAS KNAPP

Die drei weisen Frauen aus dem Morgenland

Auf der Bühne der Weltgeschichte treten meistens nur Männer auf. Aber was für ein Theater würde es geben, wenn nicht hinter den Kulissen kluge Frauen stünden! Wie oft wären die Männer in Text und Handlung stecken geblieben, gäbe es nicht die verborgenen Souffleusen! Deren bedeutender Beitrag wird von den – meist männlichen – Geschichtsschreibern so gut wie immer unterschlagen. Leider gilt dies auch für die Bibel. Umso wichtiger ist es, endlich einmal den femininen Hintergrund aufzudecken, auf dem die Geschichte der drei Weisen aus dem Morgenland beruht. Unsere Quellen sind ausschließlich mündlicher Art, dafür aber unbezweifelbar.

Dort, wo das Morgenland besonders morgendlich ist, lebten einmal drei kleine Könige: Caspar, Melchior und Balthasar. Später nannte man sie auch die »drei Weisen«. Genau besehen hatte jeder von ihnen freilich nur ein einziges Mal im Leben weise gehandelt, nämlich

bei der Hochzeit. Jeder von ihnen hatte nämlich eine kluge Frau geheiratet.

Die drei kleinen Königreiche grenzten aneinan-
der und waren so winzig, dass Caspar, Melchior
und Balthasar nur wenige Minuten brauchten,
um sich gegenseitig zu besuchen. Dies taten
sie sehr oft und da die Regierungsgeschäfte
völlig unbedeutend waren, verbrachten sie ihre
Zeit damit, Mokka zu trinken und Wasserpfeife
zu rauchen. Den lieben langen Tag über disku-
tierten, debattierten und deklamierten sie politische Themen, vornehmlich die der großen
Reiche in der Ferne. Und da die Nächte in jener
Gegend sternenklar sind, saßen sie nach Son-
nenuntergang noch lange auf einem Turm und
schauten gemeinsam in den Mond. Bisweilen
machten sie sich auch über die Sterne tiefsin-
nige Gedanken. Zum Beispiel: Warum fuhr der
große Wagen immer nur im Kreis herum anstatt
die Milchstraße zu benutzen? Oder sie starrten
nächtelang in das Sternbild der Zwillinge und
rätselten darüber nach, ob diese eineiig oder
zweieiig waren. Eines Nachts aber beobachteten sie etwas ganz Ungewöhnliches: Zwei Wan-
dersterne näherten sich einander und schienen
zu einem einzigen zu verschmelzen.

Caspar lief aufgeregt zu seiner Frau Sara hinunter, die in der Küche damit beschäftigt war, mit einem Wellholz Teig auszurollen und Sternchen auszustechen. »Jupiter und Saturn rasen aufeinander zu. Es kommt zum Krieg der Sterne!« »Was für ein Unfug«, lächelte Sara und stach einen großen Stern aus. »Jupiter ist der Stern der Könige und der Saturn der Stern des jüdischen Volkes.« Dann schob sie auf ihrem Backblech die Sterne so zurecht, dass sie das außergewöhnliche Sternbild abbildeten. »Das ist doch sonnenklar! Was du hier siehst, mein lieber Caspar, bedeutet, dass in Palästina ein Königskind geboren wird.« Caspar schob sich einen Stern aus süßem Teig in den Mund und lief wieder zu seinen Kollegen. Kurz darauf hörte Sara, wie sich Caspar auf der Brüstung des Turmes mit lauter Stimme brüstete: »Ich habe die Lösung gefunden! Was wir auf dem Blech sehen, zeigt eindeutig, dass in Palästina ein Königskind geboren wird.« Diese Erklärung leuchtete auch Melchior und Balthasar ein. »Das ist ja sternenklar! Nur: Wieso siehst du ein Blech?« Caspar verbesserte sich schnell: »Ich meine natürlich: Was wir am Himmel sehen! Entschuldigt, dass ich in meiner Aufregung Blech geredet habe.« Sara lächelte still in sich hinein und schob das Blech mit den Sternen in den heißen Backofen.

Oben auf dem Turm verkündete Balthasar mit majestätischem Tonfall: »Wenn ein Königskind geboren wurde, dann gibt es sicher eine riesige Geburtstagsparty. Da müssen wir doch mit von der Partie sein!« Die beiden königlichen Kollegen waren sofort einverstanden und so begannen die drei Kleinkönige noch in derselben Nacht, große Pläne zu schmieden. Am nächsten Morgen sattelten Caspar, Melchior und Balthasar schon in aller Frühe ihre drei Kamele und bereiteten sich zum Aufbruch vor.

»Habt ihr denn für das Kind auch etwas mitgenommen?«, fragte Sara mütterlich besorgt.

»Für wie einfältig hältst du uns eigentlich?«, tönte Caspar vom hohen Kamel herab.

»Für ziemlich«, flüsterte Sara unhörbar hinter ihrem Gesichtsschleier.

»Ich habe Gold dabei«, brüstete sich Caspar. »Denn am Golde hängt die Macht.«

»Ich habe Weihrauch eingepackt«, erklärte Melchior. »Könige lieben es, sich beweihräuchern zu lassen.«

»Und ich bringe dem Kind Myrrhe«, betonte

Balthasar. »Denn Könige werden bei ihrem Tod einbalsamiert, um als Mumien ewig verehrt zu werden. Und nun los!«

Wenig später schon waren die drei in einer Staubwolke verschwunden.

»Oh je«, stöhnte Suba. »Was sich da unsere drei Tölpel wieder ausgedacht haben! Jetzt haben sie den Stern gesehen und bleiben dennoch geistig umnachtet.«

Seba pflichtete ihr bei: »Warum verstehen sie die einfachen Dinge nicht? Es ist doch sternenklar: Wenn dieses Kind mit einem himmlischen Zeichen angekündigt wird, dann ist es eben gerade kein König im irdischen Sinn.«

Sara ergänzte nachdenklich: »Einem himmlischen König geht es nicht um Geld und Macht, sondern um die Herzen der Menschen. Ein göttliches Kind will keine Beweihräucherung, sondern Liebe. Und das ewige Leben, das dieses Kind uns bringen will, ist etwas ganz anderes als das Konservieren einer Mumie.«

»Los!«, sagte Suba. »Wir müssen unseren Männern hinterher. Wenn wir nicht aufpassen, werden sie sich im Sand verlaufen.«

Schon packten die drei ihre Reittiere. »Was brauchen wir denn, wenn wir ein neugeborenes Kind besuchen wollen?«, fragte Sara und fügte gleich an: »Ich nehme mein Backzeug und das Wellholz mit. So kann ich Plätzchen für den Geburtstagskaffee backen.« »Ich nehme meine orientalischen Gewürze mit. Ich werde für die Mutter des Kindes, die sicher sehr geschwächt ist, ein kräftiges Mahl kochen.« »Und ich nehme meinen Schminkkoffer mit. Denn darin habe ich wunderbare Salben und Öle für empfindliche Babyhaut.«

Nur wenig später verließen drei Kamele mit geheimnisvoll verhüllten Reitern die Grenze der kleinen Königreiche. Sie folgten den Abdrücken im Sand, die ihre großspurigen Männer hinterlassen hatten. Als sie etwa eine Tagesreise weit in die Wüste geritten waren, sahen sie plötzlich noch andere Spuren. Sara stieg ab, um diese zu untersuchen. »Das haut einen vom Höcker! Hier waren acht Reiter, die nach Westen geritten sind. Wir sind hier in der Gegend, die von Bali Aba und seinen sieben Räubern unsicher gemacht wird. Das sieht nicht gut aus.«

»Und was ist mit unseren Dreien?«, fragte Seba.

Sara seufzte. »Nach den Spuren zu schließen,

sind die drei Kamele einfach den Räubern hinterhergeritten. Vor lauter Schauen nach den Sternen sahen sie nicht, was sich direkt vor ihren Füßen abspielte.«

Suba ahnte schon, was passiert war: »Dann sind unsere Männer den Räubern direkt in die Arme gelaufen.«

So war es. Die Räuber hatten hinter sich am Horizont eine Staubwolke gesehen. Sie mussten sich nur hinter den Dünen verbergen und warten, bis die drei kleinen Könige in die Falle liefen. Das war eine fette Beute: Bares Gold, das Bali Aba sofort in den Untiefen seiner Hosentaschen verschwinden ließ, dazu noch Weihrauch und Myrrhe, die man auf dem Basar flüssig machen konnte. Die Räuber feierten am nächtlichen Feuer, während die drei Könige in einem kleinen Zelt ganz unmajestätisch gefesselt lagen. Nach Mitternacht fielen Bali Aba und seine Männer in einen tiefen Schlaf. Nur der Wächter vor dem Zelt mit den Gefangenen hielt mit Mühe die Augen offen.

Plötzlich sah er, wie eine leicht bekleidete Frau über eine Wanderdüne spazierte. Hatte ihn das Zwielicht des Halbmondes getäuscht? Er rieb sich die Augen. Oder war das vielleicht sogar die Fata Morgana, von der sein Chef manchmal so geheimnisvoll erzählte? »Ach«, sagte der Wächter halblaut vor sich hin, »egal wie die Frau heißt, das ist jetzt genau das Richtige. Ein leichtes Mädchen für schwere Jungs. Aber … ich will sie allein haben.« Er weckte also die anderen nicht, sondern schlich auf die Düne. Und tatsächlich: Dahinter stand ein winziges Zelt und er sah, wie Fata – oder wie sie auch hieß – ihm zuwinkte und dann dort hinein verschwand. Er huschte zum Zelteingang und streckte den Kopf hinein. In diesem Augenblick sah er tausend und einen Stern. Denn Sara hatte mit ihrem Wellholz zu einem gezielten Schlag ausgeholt. »Das ist Frauenpower, was?«, murmelte sie. Mit flinken Händen baute sie das Zelt wieder ab und ließ den Wächter im künstlichen Koma liegen.

Währenddessen war Seba mit dem scharfen Küchenmesser und einer großen Pfefferdose zu den Kamelen geschlichen. Mit geübtem Schnitt durchtrennte sie die Schnüre, an denen die acht Kamele der Räuber angepflockt waren. Dann nahm sie die Pfefferdose und schüttete eine ordentliche Dosis scharfen Pfeffer in die Näsenlöcher der Kamele. Das

Pfefferspray war erfunden und seine Wirkung war überaus gesalzen: Die Kamele begannen wie wild zu niesen und weil ihr Geruchsinn betäubt war, liefen sie orientierungslos in die Wüste hinaus. Das laute Niesen und Schnauben der Kamele weckte die Räuber am Feuer. Halb schlaftrunken sahen sie, wie ihre Kamele davonliefen. Bali Aba erkannte sofort den Ernst der Lage: »Ohne unsere Kamele sind wir in der Wüste verloren!« So schnell sie konnten stürzten die Räuber in die Nacht hinaus, wo ihre Reittiere aus dem Niesen nicht mehr herauskamen.

Auf diesen günstigen Augenblick hatte Suba nur gewartet. Tief verhüllt huschte sie in das Zelt mit den Gefangenen, schnitt deren Fesseln durch und verschwand wieder. Die drei kleinen Könige krochen vor das Zelt und sahen die verlassene Feuerstelle. Draußen in der Nacht aber hörte man Männer schreien und Kamele niesen. Schnell eilten die drei ans Feuer, wo ihre Packsättel standen. Caspar schleppte sein Gepäck zu seinem Kamel, das neben dem Zelt angebunden lag. Ebenso taten auch Melchior und Balthasar, wobei Melchior noch den gesamten Weihrauch in

die Feuersglut schüttete. Als die drei losritten, hatte sich der Lagerplatz in eine einzige Rauchwolke verwandelt. Hier würden die Räuber, falls sie überhaupt ihre Kamele einholen sollten, weder ihre Sättel noch ihre Waffen finden. So ritten die drei gekrönten Häupter jetzt ganz gemächlich davon, Richtung Westen, wo ihr Stern hell am Himmel stand.

Die Frauen amüsierten sich königlich darüber, dass sie Bali Aba eine gepfefferte Lektion erteilt hatten. Ihren Männern aber folgten sie in sicherer Entfernung und wachten darüber, dass die kleinen Könige keine größeren Dummheiten mehr begingen.

Am nächsten Abend übernachteten die drei Frauen in einer Karawanserei. Im südlichen Innenhof, der den Frauen vorbehalten war, erzählte ihnen die Herbergsmutter, dass heute auch drei Männer aus dem Osten gekommen waren und einen schwer verwundeten Mann mitgebracht hatten. Sie hätten diesen Mann in der Wüste gefunden, wohl ein Opfer von Bali Aba. Die Fremden hätten sich um die Wunden des Mannes gekümmert und auch dessen Unterkunft bezahlt. Allerdings hätten sie nur ein paar Kupfermünzen bei sich gehabt und daher dem Herbergsvater Myrrhe angeboten, was dieser etwas mürrisch akzeptiert habe. Sara, Seba und Suba schauten sich gegenseitig an und lächelten. An diesem Abend waren sie stolz auf ihre Männer.

Die weitere Reise nach Jerusalem verlief ziemlich ruhig, was dem Umstand zu verdanken war, dass die Frauen wachsam hinter ihren Männern her waren. Schließlich gelangten die drei Männer nach Jerusalem. Dort hatten Caspar & Co freilich nichts besseres zu tun, als ihre Wüstenschiffe direkt auf den Palast des Herodes zuzusteuern. Die Frauen waren entsetzt, konnten das Unglück aber nicht mehr aufhalten.

»Dumm gelaufen, unsere Männer«, brummte Seba. Denn alle Welt wusste doch, was für ein grausamer Tyrann Herodes war. Dieser Herrscher war ein Sklave seiner Macht. Aus lauter Angst vor möglichen Rivalen hatte er zwei seiner Söhne umbringen lassen. Wie konnten die drei Sternseher nur so blind sein und zu diesem Schreckensherrscher gehen, um ein neugeborenes Königskind zu suchen?

»Sie bringen uns noch auf die Palme!«, seufzte auch Suba.

»Gehen wir lieber in den Schatten der Palmen dort drüben«, schlug Saba vor.

An der Außenmauer der königlichen Burg befand sich ein großes Wasserbecken. Dort fanden sich tagtäglich viele Dienerinnen und Mägde vom Königshof ein und wuschen die schmutzige Wäsche des Palastes. Hier war zugleich ein Pool aller Nachrichten aus dem Dunstkreis des Königs. Sara, Seba und Suba mischten sich unter die Frauen und wuschen ihre von der Reise verstaubten Kleider. Doch was mussten sie da alles hören:

»Habt ihr die drei Einfaltspinsel aus dem Osten gesehen? Die drei können nicht ganz sauber sein!«, brummte ein Waschweib. »Als die größten Könige jenseits des Euphrats haben sie sich ausgegeben!«, grinste eine Magd. »Und dann haben sie Herodes von der Geburt eines Königskindes erzählt.« »Und nicht bemerkt, wie Herodes erst grün, dann gelb und schließlich rot anlief!« »Sie haben sogar versprochen, ihm den Geburtsort des neuen Königs zu verraten – wie ahnungslos sie doch sind!« »Herodes wird jeden, der ihm zur Konkurrenz werden könnte, kaltblütig auslöschen.« »Die Gelehrten des Königs haben aus

alten Büchern herausgelesen, dass in Betlehem ein König des Friedens geboren wird.«
»Der hat aber Pech gehabt! Herodes lebt vom Krieg! Er wird keinen Friedensfürsten dulden.«
»Morgen Mittag will Herodes noch einen Sektempfang für die Fremden geben. Dann wollen die drei Mini-Könige aus dem Osten nach Betlehem reiten.«

Sara, Seba und Suba wussten genug. Sie packten ihre Wäsche ein und wenig später schon waren sie auf dem Weg nach Betlehem, das unweit von Jerusalem liegt. Da sie den Soldaten des Herodes, die am Stadttor von Betlehem Wache schoben, nicht begegnen wollten, nutzten sie kleine Feldwege als Umgehungsstraße, um zu einem Nebentor zu gelangen. Auf den Feldern draußen vor der Stadt hielt Sara inne.

»Hört ihr es auch? Da schreit ein Kind!«

Wenig später schon standen die drei Frauen aus dem Morgenland vor einer kleinen Hütte unweit der Stadtmauer von Betlehem. Ein junger Mann namens Josef, der Holz gesammelt hatte, war gerade dabei, den alten Backofen vor der Hütte anzuheizen. Drinnen fanden sie seine Frau Maria, die in der Nacht zuvor einen kleinen Jungen geboren hatte. Weil es in diesem armen Stall keinerlei Möbel gab, hatte sie ihr Kind in eine Futterkrippe gelegt. Inmitten größter Armut erzählten die glücklichen Augen der Mutter vom wahren Reichtum. Auch Josef stand eine große Freude ins Gesicht geschrieben. Als Sara, Seba und Suba sahen, mit wie viel Liebe Maria und Josef für das neugeborene Kind sorgten, wussten sie, dass sie am Ziel ihrer Reise angekommen waren. Die Sterne hatten von einem Kind erzählt, mit dem eine neue Herrschaft beginnt. Der Besuch in einem armen Stall wurde zur Sternstunde ihres Lebens. Es war so einleuchtend: Wo Liebe herrscht, dort ist der Anfang einer neuen Welt. Mit flinken Händen bereitete Sara einen süßen Teig vor und formte den größten Stern ihres Lebens. Und weil immer noch etwas Teigmasse übrig war, knetete sie noch einen Schweif und schob den Wunderstern in den Backofen. Seba bereitete mit ihren orientalischen Gewürzen ein wohlschmeckendes Mahl vor und Suba salbte die gerötete Haut des kleinen Jungen mit duftenden Ölen ein. So wurde der Neugeborene von einer Frau zum Messias gesalbt. Draußen stand die Sonne schon tief am Horizont. Suba stellte sich an den Eingang der Hütte und nahm ihren kleinen Spiegel in die Hand. Sie fing die letzten Sonnenstrahlen ein und lenkte sie zur Futterkrippe, in der das Kind lag. Das Licht fiel auf die Händchen des Kindes und sie leuchteten. Das Kind gluckste vor Freude. Dann griff es nach dem Licht und spielte mit ihm. »Es ist ein Kind des Lichtes«, sagte Maria. Sie sah das Kind lächeln und war überglücklich.

So verbrachten die drei geheimnisvollen Frauen aus dem Morgenland einen wunderbaren Abend bei Maria und Josef mit ihrem Kind. Zum Schlafen zogen sie sich dann mit ihren Kamelen in eine etwas entfernter gelegene Hütte zurück, wo sie sich auch vor ihren Männern verbergen wollten.

Am nächsten Tag sollten nun auch die kleinen Könige ankommen. Seit dem frühen Nachmittag stand Suba an der Hütte und schaute Richtung Jerusalem. Endlich tauchten drei Kamelreiter am Horizont auf. Doch wieder mussten die Frauen das Schlimmste befürchten. Denn die drei ritten direkt auf die Burg von Betlehem zu, in denen die Soldaten des Herodes ihr Quartier hatten.

Suba dachte angestrengt nach, wie sie die Männer aus der Ferne noch umlenken konnte. Plötzlich kam ihr eine Idee. Sie nahm den Spiegel aus dem Schminkkoffer. Die Sonne stand schon weit im Westen. Mit ihrem Spiegel ließ sie das Sonnenlicht direkt auf die Reitergruppe blitzen. Diese blieb auf einmal stehen. Dann bogen die drei Berittenen von der großen Straße ab und hielten auf die Hütte zu, über der sie eine Art von Stern hatten leuchten sehen.

Als die drei Männer den zugigen Stall betraten, waren sie tief berührt. So etwas hatten sie noch nie gesehen: Ein neugeborenes Kind in einer Futterkrippe! Und die Eltern so glücklich und zufrieden.

Wie anders hier alles war ... Vor kurzem noch waren die drei kleinen Könige bei Herodes gewesen, der sich angstbesetzt an seinem Thron festklammerte. Jetzt ging ihnen ein Licht auf: Nicht bei Herodes, sondern hier herrschte Frieden. Sollte also dieses Kind der neugeborene Friedensfürst sein?

Caspar, Melchior und Balthasar nahmen das Kind auf die Arme, küssten, wiegten es – und sangen die Lieder ihrer fernen Heimat. Ein wenig traurig öffneten sie ihre Taschen. Caspar schüttelte den leeren Goldbeutel aus. »Wir haben kein Gold mehr, nur den Staub der Reise.«

Melchior öffnete seine leere Weihrauchdose. »Ich habe nichts Wohlriechendes mehr zu bieten; nur Schweißgeruch«, sagte er beschämt.

Und Balthasar hatte Tränen in den Augen, als er in sein offenes Kästchen starrte. »Ich wollte Myrrhe bringen. Vielleicht aber konnte ein Mann, der schon halb tot war, wieder geheilt werden ...«

Bei diesen Worten hielt er dem Kind das glänzende Kästchen hin. Doch das Kind griff nicht nach diesem, sondern nach einem Zeigefinger des kleines Königs Balthasar. Und es klammerte sich an diesen Finger, zog ihn an sein Gesicht, an seinen Mund, als wollte es sagen:
Das ist das schönste Geschenk: Dass du mit deinen Freunden bei mir bist. Das ist mehr wert als Gold. Und besser als Weihrauch ist es doch, wenn Menschen sich gut riechen können. Statt Myrrhe zu bringen, die an Tod und Leid erinnert, habt ihr Mitleid gezeigt. Wäre das nicht die neue Welt, wenn sich alle Menschen gut leiden könnten?«

Die drei kleinen Könige sahen auf das Kind, das mit Balthasars Finger spielte. Jetzt verstanden sie die stumme Botschaft ihrer leeren Hände und Gefäße. Ihre Herzen aber wurden ganz leise von einem unaussprechlichen Glück erfüllt.

Die Eltern des Kindes luden nun die Fremden zum Abendessen ein. Die drei Fremden fühlten sich in der einfachen Hütte sofort zuhause. Es duftete nach vertrauten Gewürzen und die Zacken des großen Sterns von Betlehem schmeckten ganz wie daheim.

Sara, Seba und Suba hatten währenddessen hinter dem Bretterverschlag gestanden und gelauscht. Jetzt flüsterte Sara: »Unsere Männer haben ihre Herzen auf dem rechten Fleck.«

»Ja, das stimmt«, murmelte Seba bewegt.

»Aber den Kopf, wo haben sie nur ihren Kopf?«, seufzte Suba. »Wenn sie nur etwas heller wären! Wir müssen unbedingt verhindern, dass sie zu Herodes zurückkehren.«

Sara nickte. »Ich habe eine Idee.«

Mitten in der Nacht wurden die drei Könige wach. Wer hatte sie sanft am Arm berührt? Im Sternenschimmer konnten sie drei weiße, ganz verschleierte Gestalten erkennen. Die erste

Gestalt deutete auf jeden der drei Könige. Die zweite zeigte Richtung Jerusalem und machte eine verneinende Gebärde. Die dritte Gestalt wies gegen Osten und nickte dazu. Dann verschwanden die drei schleierhaften Gestalten im Dunkel der Nacht.

Am nächsten Morgen hatten die drei Fremden Maria und Josef etwas Ungewöhnliches zu erzählen. »Heute Nacht sind uns im Traum Engel erschienen!«

»Wir sollen nicht nach Jerusalem zurück, sondern nach Osten reisen!«

»Und die Engel sahen fast so aus wie unsere Frauen daheim …«

Josef, der sich mit Träumen gut auskannte, musste schmunzeln: »Ihr habt Sehnsucht nach euren Frauen. Sie rufen euch schon!«

Caspar, Melchior und Balthasar sattelten ihre Kamele, verabschiedeten sich von Maria, Josef und dem Kind und ritten Richtung Sonnenaufgang. Nach einer langen wüsten Tour näherten sie sich endlich wieder der Heimat. Auf der letzten Wegstrecke freilich wurden die kleinen Könige von drei unbekannten Reitern, die sich zum Schutz gegen den Staub das Gesicht ganz verhüllt hatten, rechts überholt.

Als die drei Mini-Majestäten wenig später in Caspars Kleinpalast eintraten, fanden sie dort ihre drei Gemahlinnen in der Küche versammelt. Beim Eintreten ihrer Männer legten sich die Frauen sofort den Gesichtsschleier um, ließen sich aber sonst nicht unterbrechen. Sara rollte mit dem großen Wellholz Teig aus, um Sternchen auszustechen. Seba hatte die Pfefferdose in der Hand und würzte die Suppe. Und Suba saß vor einem kleinen Spiegel und schminkte sich die Augenlider, ohne mit den Wimpern zu zucken.

»Typisch Frau!«, blökte Melchior bei diesem Anblick. »Sie werkeln in der Küche herum oder schminken sich, während wir Männer die größten Abenteuer zu bestehen haben.«

»Da sind wir aber gespannt«, hüstelte Sara scheinheilig unter ihrem Schleier. Und während die Frauen mit Kochen und Backen beschäftigt waren, begann Balthasar aufzutischen.

»Als erstes haben wir Bali Aba und seine 70 Räuber ausgeweihräuchert.«

»Ooooh«, raunten die Frauen wie aus einem Mund. Und Melchior erzählte voller Stolz: »Ja. Wir fanden die ganze Bande an ihrem Lagerfeuer. Die Wache war wohl eingepennt. Und so konnte ich eine große Prise Weihrauch ins Feuer werfen. Die Räuber wachten auf, ihre Augen tränten und es gab ein Gehuste wie bei einem Pontifikalamt. Die Kamele liefen davon, als hätten sie Pfeffer im Hintern und die Räuber hinterher. Und seither ist die Bande in alle Winde zerstreut.«

Dann erzählte Caspar, wie er Herodes hinters Licht geführt habe. Er habe ihn ausgehorcht, ohne ihm den wahren Grund ihrer Reise zu erzählen. »Ich sagte ihm, dass wir eine Urlaubsreise machen.« Und Balthasar ergänzte: »Ja: Kamel-Trecking zu den Pyramiden!«

»Iiiih!«, staunten die Frauen wie aus einem Mund.

Balthasar fuhr fort: »Und schlau, wie wir waren, haben wir in Betlehem sofort das Königskind gefunden. Ohne fremde Hilfe. Schließlich sind uns sogar Engel im Traum erschienen!«

»Aaaaah!«, riefen die Frauen und Sara tat ganz aufgeregt: »Das ist wirklich die Krönung! Engel sind euch erschienen?«

»Ja«, antwortete Melchior mit feierlicher Stimme. »Sie sahen fast so aus wie ihr. Aber es gab einen Unterschied. Sie haben sich ehrfurchts-

voll vor uns verneigt und voll Bewunderung
gesagt: Ihr seid die Weisen aus dem Morgenland!«
Nun hätten die drei Frauen beinahe laut los-
geprustet. Aber sie unterdrückten das Lachen.
Dafür grinsten sie unter dem Gesichtsschleier
voll diebischer Freude. Was den Männern ent-
ging.
Vielleicht war das ja der ursprüngliche Sinn
des Schleiers: dass die wahrhaft Weisen verborgen bleiben wollen.

Quellenverzeichnis

Texte

Rita Fehling, Das attraktive Seifenschälchen. © Alle Rechte bei der Autorin.

Peter Frankenfeld, Unvergessliche Feste. Erschienen in: Peter Frankenfeld, Humor ist Trumpf © 1980 by F.A. Herbig Verlagsbuchhandlung GmbH, München

Giovannino Guareschi, Gelb und Rosa. Erschienen in: Giovannino Guareschi, Don Camillo und Peppone © Otto Müller Verlag, 46. Auflage, Salzburg 1988

Hermann Hesse, Schaufenster vor Weihnachten (Auszug). Erschienen in: Hermann Hesse, Sämtliche Werke, Band 14: Betrachtungen und Berichte 1927-1961. © Suhrkamp Verlag Frankfurt am Main 2003

Rolf Krenzer, Die kleinen heiligen drei Könige. © Rolf Krenzer Erben, Dillenburg

Siegfried Lenz, Fröhliche Weihnacht oder Das Wunder von Striegeldorf. Erschienen in: Siegfried Lenz, Das Wunder von Striegeldorf. Copyright © 1957 by Hoffmann und Campe Verlag, Hamburg

Andreas Malessa, Chorprobe der himmlischen Heerscharen. Entnommen aus: Andreas Malessa, Was gibt's denn da zu lachen?! © Brunnen Verlag, Gießen

Christine Nöstlinger, Weihnachtsgaben im Rückblick. Erschienen in: Christine Nöstlinger, Haushaltsschnecken leben länger © 1985 Residenz Verlag im Niederösterreichischen Pressehaus Druck- und Verlagsgesellschaft mbH, St. Pölten – Salzburg

Werner Schneyder, Tipps für das Weihnachtsmenü. Erschienen in: Werner Schneyder, Zeitspiel. © Alle Rechte beim Autor.

Andrea Schwarz, Wie der hl. Andreas die Weihnachtsplätzchen erfunden hat. Erschienen in: Andrea Schwarz, Vom Engel, der immer zu spät kam. Meine schönsten Weihnachtsmärchen © Verlag Herder GmbH, Freiburg im Breisgau, Neuausgabe 2012, S. 125-141

Illustrationen

Alle Illustrationen und Paginierung: © vege/Fotolia.de

Wir danken den genannten Rechteinhabern für die freundliche Erteilung der Abdruckgenehmigung. Der Verlag hat sich bemüht, alle Rechteinhaber in Erfahrung zu bringen. Für zusätzliche Hinweise sind wir dankbar.